Jiboia
Cecília Garcia

ABOIO

Jiboia

Cecília Garcia

*Como a crosta terrestre, que é proporcionalmente
dez vezes mais fina que a casca de um ovo, a pele
da alma é um milagre de pressões mútuas.*

Anne Carson, Autobiografia do Vermelho.

A mãe verde	11
Cerol na galinha	15
Jiboia	17
Estegossauro	23
O centauro hesita	25
Tábua	29
Eu me apaixonei pelos seus cotovelos	31
O ciclista dócil	35
Bali	39
Suellen	43
A estufa	47
O Monza do faraó	53
Neutrox	57
O fogo frio das crianças	69
As motos estouram pipocas vermelhas na noite	75
Tonho	79

A mãe verde

Mamãe está verde. Verde como chá de carqueja, sapo esmagado, palmeira açoitada pela brisa do mar que nunca verei. Tenho apenas um par de chinelos. O direito no meu pé, o esquerdo na boca de mamãe.

Agachada no paralelepípedo que junta as paredes do quarto, mamãe geme "Jaçanã, Jaçanã, Jaçanã". É o bairro onde estamos presos: ela, eu, três irmãos barrigudos e os espíritos vacilantes, bêbados da memória de antepassados de um país sem nome.

"Chama o papai", meu irmão pede. Nossas mãos formam um sanduíche suado, recheado de medo. "Ele tá dormindo no caminhão".

Enquanto o demônio come mamãe com o prazer de uma colherzinha no sorvete, papai gosta é de comer na calcinha da vizinha o duro mingau do desejo. No altar encouraçado da cabine do caminhão, papai se nega a ajudar, ferindo meus olhos com o brilho do escapulário enrolado no pescoço. "Não vou salvar ela. A gente tá se separando".

Em volta de mamãe, gira uma roda de pratos sujos de macarrão. Mamãe não gosta de cozinhar. A mais bonita mulher da zona norte nasceu com o cabelo ruivo e uma pele negra, os dentes brancos embora rangidos ainda envasando o perfume das laranjas comidas no quintal da infância. Ela comanda um salão de beleza nunca vazio, mesmo que suas clientes não tenham dinheiro para pagar. No crepúsculo, todas eram rainhas, de coroas de bobes e mantos de chita, desejando que os processos de tortura capilar as tornassem como mamãe.

Os pratos voam em minha direção e no último segundo desviam como louças arrependidas, espatifando-se nos retratos de um loiro e amado jesus.

Iansã por dez anos ninou mamãe no colo de tempestades, girando-a de alegria no terreiro de grandes árvores, que podíamos visitar quando éramos bonzinhos. Mas agora mamãe não a quer mais. Quebrou as contas vermelhas e abriu espaço no coração e na casa para um cristo inquilino. Iansã foi embora com uma mala de água empoçada e um jesus que não se parecia com a gente entrou, flutuando no miasma da culpa batista.

"Iansã", murmuro com saudade. Mamãe treme e engatinha na ponta das unhas até mim, "Iansã, mamãe. Você lembra de Iansã?"

Ela põe a mão na minha testa, "Aqui não, nunca mais esses nomes". Mamãe está fervendo.

"Chama o Gilberto", escuto a voz de meu outro irmão. O pé de mamãe sobe até o ombro dele, mas ele não demonstra dor, "Só Gilberto pode ajudar mamãe. Ele tá na padaria".

Gilberto, entre os meninos do bairro que gostam de fingir ser homens, era o dos ombros menos largos, e os disfarçava usando uma jaqueta de couro de jacaré. Ele tomava café com leite na padaria, sentado na frente de um balcão vermelho poluído por saleiros vazios e copos de clientes passados. Rosto dele enruga, "O que ela tem?".

Gilberto ama mamãe. Busca água do poço para alimentar os filhos de quem não gostaria tanto nem que os tivesse brotado do seu sémen de pérola, e, enquanto mamãe enrola coroas de bobes no salão, é ele quem penteia nossos cabelos e passa nossas roupas.

"Gilberto, a mamãe não volta. Não é igual da última vez. A mamãe tá babando verde. Gilberto, vem com a gente, você pode ajudar?"

Gilberto troca o café com leite por uma pinga da destruição e, como se a garganta dele fosse transparente, posso ver o destilado atingir o coração de menino. Apesar de tudo, é menino e se apavora, vislumbrando não só um futuro em que não terá mamãe, mas também o de sua morte prematura, o corpo mole entupindo um cano de esgoto por três dias até alguém descobrir que ele foi causa esverdeada de uma enchente.

Ele diz não, afundando nas ombreiras, diz que não pode, "Tenho um compromisso que não posso faltar", avisa, a mão conjurando um capacete invisível sobre minha cabeça, um feitiço protetivo para os ossos porosos do meu peito.

A casa recebe, escura, meu retorno. O sol não a alcança, a Eletropaulo cortou a luz. Meu último irmão, o que não fala, aponta para a cozinha. Que bom que mamãe se moveu.

Uma pia amarela, um armário improvisado com arames e cortinas de flor, mamãe sentada canina em cima da mesa; mamãe caminhando lateralmente pelos azulejos; mamãe de cabeça para baixo pendurada na gambiarra do lustre, a boca ao contrário da minha; mamãe balança e eu reconheço na lentidão os sinais do cansaço de emprestar seu corpo.

Ela morde minha mão estendida e meus irmãos seguram a outra num cabo de guerra sem força. Seus dentes encontram a junção macia entre o indicador e o polegar, mas param de machucar quando os olhos amarelos enxergam minhas unhas. Estão cheias de pó dos móveis e bosta de irmãos pequenos. Algo do demônio morre, algo de minha mãe volta. Ela afrouxa as mandíbulas e desce do lustre que, sem ela, acende. As unhas dela, não importa o que aconteça, sempre estão lindas. Ela não admite o contrário em ninguém, "Filha, que unhas são essas? Vem comigo pro salão. A gente não vai demorar. O Gilberto tá pra chegar a qualquer momento".

Com as unhas bonitas e as duas pernas, ela me guia de dentro para fora da escuridão. Os meninos começam a juntar os cacos de pratos e a limpar o macarrão sujo de sangue.

Papai dorme no caminhão azul. O assobio de Gilberto se avizinha covardemente no vento. Mamãe desenrola o aço da porta do salão de beleza e me põe na primeira cadeira, um carinho no ombro, jesus numa moldura de madeira com seus olhos de safira sem proteção, "Fica aí que eu vou buscar um montão de cor".

Na porta, o demônio agora é um homem sem olhos. Ele estende as mãos.

"Eu quero o esmalte verde."

Cerol na galinha

A ladeira jorrava sangue, menstruada e sem calcinha. O menino culpado segurava a pipa contra o peito, escudo geométrico. Ele não chorava; seus olhos vítreos iguais aos pequenos pedaços na linha da pipa, que ele colou mais por serem brilhantes que para entrar na guerra de papagaio. Nunca gostou de batalha. Gostava de purpurina, paetê, as coisas proibidas para meninos. As que brilham, mas não o suficiente para alertar o motoqueiro.

O motoqueiro estava entregando pizzas de calabresa e muçarela. Antes de ter a cabeça arrancada, invejava a liberdade das crianças por terem tanta maldade em fazer cerol, mas também humildade para reconhecer quando haviam perdido para pipas mais bruscas. Seu pescoço decepado lembrava um vaso, brotando na garganta o osso da espinha dorsal, branquinho feito dente de leite de menino assassino. Depois do corpo retirado, o menino jurando nunca mais empinar pipa, a rua ganhou um eterno e suave tom rosado.

Quando se corta a cabeça da galinha, a galinha ainda anda. Meio dinossauro desajeitado, ela pinta tudo ao seu redor, respingando nas plantas, às vezes no azulejo, no avental de quem cortou e se afasta em respeito ou covardia à morte contínua. É uma triste força zumbi, a da galinha. O menino queria muito que o motoqueiro fosse galinha, mesmo que por pouco tempo, mesmo que fosse para assustar gente enxerida, mesmo que fosse para morrer depois. Ou talvez viver oito meses, ser exposto em feiras, dar dinheiro como aberração. Seriam amigos e com humor empinariam pipas à luz de um sol que não teria importância se fosse avermelhado que nem a morte.

Jiboia

O cipoal verde das jiboias coroa o batente da porta. A jovem tem dificuldade de encontrar a dona do apartamento na lotação de seus amores verdes, e as plantas arrogantes transpiram uma substância melada do orgulho por sobreviverem em território urbano. Deixam entrever, quando querem, um sofá desconfortável, a televisão desligada, as pinturas com figuras humanas deslocadas. O pulso verde da jiboia bate na testa dela. A jornalista, que não consegue manter viva uma suculenta, está com medo deste território de plantas vitoriosas. O apartamento é uma mata sem janelas.

Encontra sua entrevistada porque ela calça sapatos roxos. Brotam deles pernas fortes, vestido preto, axilas cor de pluméria e colares no pescoço. A bióloga segura um vidro. Nele estão presas coisas negras que vibram na ponta dos braços. Uma fileira de plantas carnívoras, trêmulas de uma ansiedade que só a biologia possui, abre seus dentes para receber as moscas. A mulher que as oferece é maestra no ciclo das vidas cultivadas em seu apartamento na Bela Vista.

As informações são – e a jornalista sente-se mosca diante da inevitabilidade da planta carnívora: bióloga aposentada; a primeira cientista da família; a primeira mulher a investigar os hábitos reprodutivos das baratas domésticas; a primeira ornitologista a ver a coruja invisível de Manaus. É como entrevistar Lara Croft, David Attenborough, Jane

Goodall. As informações também são, e sente-se menos mosca: a bióloga se aposentara subitamente de uma luminosa carreira científica. Ninguém sabia o porquê, só se alardeava nos meios científicos as muitas décadas há que ela não pisava numa floresta.

Uma das moscas escapa quando a bióloga ajusta os cílios gigantes e percebe a visita. Vem cá, pede. A jornalista se aproxima fingindo uma intimidade. As mãos envolvem as dela, quentes. Você teve dificuldade pra chegar até aqui, querida? Ora, eu sei, São Paulo é uma selva. Às vezes, na volta pra casa, eu pego um Uber e detesto tudo. Morar no centro tem suas vantagens, maiores pra você que é jovem. Quantos anos você tem? Vinte e sete, que coisa. Com vinte e sete minha pele não era tão bonita quanto a sua. A bióloga mostra marcas nas bochechas. Os mosquitos. Sempre tive o sangue doce.

As duas se sentam no sofá. Está quente, as plantas pingam, tira a jaqueta. Pode sentir e detesta as duas auréolas de suor que os mamilos babam na blusa. A bióloga permanece seca, acostumada a calores piores. O gravador prateado sai da bolsa da jornalista, refletindo o verde da sala e pesa como uma jade na mão dela.

Vamos tomar água, o café aqui sempre mofa. Ainda tenho os hábitos do mato e perdi a saudade dos daqui. Como muito feijão enlatado, peido sem pudor, minha água está sempre morena, eu não conheço a dor do leite em caixa. Você quer saber por que eu concordei em te receber, imagino. Posso começar dizendo que foi o telefone tocar, depois de anos de silêncio. E depois sua voz. Alguém já disse que sua voz parece a de um pássaro no cio no calor da noite da floresta? Claro que não. É realmente uma bela voz.

Sente a suposta voz de ave tesuda quando pergunta o porquê do rompimento com a floresta: Todo mundo acha que algo aconteceu, a bióloga responde. Nunca se supõe que um cientista homem deixe de ir pra mata pra casar e ter filhos. Mas quando eu parei de ir, todos vieram perguntar que casamento aconteceu, que gravidez. Expulsei todos. Foi amor, sim, que me tirou da floresta, mas o amor a ela, amor devoto. O que eu encontrei nela.

Nos anos finais da minha carreira, havia um fogo em mim pelas corujas: eu as acompanhava no escuro, sinalizava os ratos, dormia na beira dos seus ninhos. Me tornei noturna. Uma criatura sem viço, distraída. Quando o dia acendia, eu morria um pouco, queria dormir. Perdi peso. Meus cabelos se tornaram ralos. Um colega biólogo foi me visitar na floresta e me procurou incessantemente, mesmo eu estando na frente dele.

Há no apartamento uma presença. Não é a da jornalista, não é da bióloga, não é das jiboias penduradas ou da digestão silenciosa das plantas carnívoras. É uma terceira, o furo, a história à qual se agarra, prendendo-a entre os dedos e as mangas do moletom. Prende também os cabelos, o movimento atraindo os olhos da bióloga. Ela tira um elástico do pulso e o empresta. O gesto a constrange. Uma barra de bateria do gravador desaparece.

Na última madrugada de uma longa expedição, eu estava desidratada. Comecei a subir numa árvore, temerosa do nascimento do Sol. Era uma espécie anã, mas sua copa era adulta e frondosa. Quando dei por mim, já não conseguia mais levantar e meu corpo era um peso em cima do galho. Eu devia parecer uma cigarra gigante com o marrom das roupas. Puxei um cigarro. Quer um cigarro?

As chamas ofendem a naturalidade das plantas, os pulmões reaprendem a respiração da cidade.

Quando o sol se levantou, eu nem era capaz de vê-lo. A mata estava em chamas. Meu cigarro escapara das mãos e, no meio do sono, nem percebi quando desceu dos galhos, parou num monte de mato e deu início a um fogaréu.

Como justificar um cigarro? Só quis que o fogo me alcançasse. Foi então que ela apareceu. Era uma cobra gigantesca. Maior que a *Eunectes murinus*. Desculpe, sucuri. Não havia nada nela queimando, ela só deslizava. Por onde ela passava, um verde berro de farol, as coisas iam se acalmando. Ela curou a queimadura do tamanduá, repovoou o formigueiro, deu às aves traços d'água. Desinchou meus olhos. Quando chegou próxima, estava coberta por uma aura. Subiu na árvore como uma quadrúpede, e eu, bípede, desacreditei de todos os bípedes. Você vê, a ciência vai até um ponto. Mas se ela só for até um ponto, ela não serve para nada. Como se separa, então, os biólogos dos magos, dos curandeiros, das bruxas? Não pode haver separação. Não morri porque encontrei uma boitatá.

O gravador tremula no vão entre os dedos indicador e médio. Num respiro profundo pergunta o que ela quer dizer com boitatá. Quase acrescenta que seja clara, cristalina, científica. Um braço da jiboia desce, consolando-a no ombro, ela não o dispensa.

Um ser que não está na ciência. Um ser não catalogado. Ela apareceu diante de mim como cobra gigante, fez o fogo desaparecer e depois sumiu. Desci da árvore e em minha fome de procurar coisas vivas, comecei a procurar coisas mortas, o substrato das lendas. Acendi outros cigarros e os apaguei por medo, antes que pudessem se alastrar. Mas você entende, é jornalista, deve ter o seu rigor. O meu rigor estatelou no que eu não mais conseguia provar. Não valeu mais a pena. Ninguém acreditaria na minha história, nem que todas as provas físicas são regidas por forças metafísicas. Nunca consegui nenhuma escama. Finalmente parei de ir. Minha última expedição foi há mais de vinte anos e, desde então, meu máximo de mato é isso. Ela ergue os braços, as plantas ofegam. Esse simulacro.

Você tem que ter provas e tem que entender por que eu as peço. É algo comum na minha área e na sua. Se você me chamou aqui, algo você queria me mostrar. Para confissão, qualquer pessoa bastaria. Por favor, não alargue o sorriso. Você me passou seu endereço depois de mais de 80 mensagens no Whats.

Não sou sua boitatá. Te chamei, sim, pra te dar algo. A minha escama. Vem cá.

Levantam-se no simulacro de floresta. Afastando os ramos, a bióloga desnuda uma escrivaninha sob os bocejos afiados das plantas carnívoras. Pega cadernos de alguma idade; na sua mão pouco acostumada, pesam de um jeito quase cômico.

Todas as descobertas do que eu antes considerava ciência estão aqui. Aquelas que eu nunca divulguei. Há termos muito técnicos, mil nomes para lagartas, morcegos do tamanho de cães, harpias escuras que só comem filhotes de onça. Quero que fique com isso. O que você vai fazer com esses documentos não me importa. Pode escrever sobre a minha reclusão, mas pense que essas são as histórias fartamente publicadas, as das mulheres loucas e desacreditadas. E você queria um furo.

A despedida tem o som de suas axilas cachoeiras. As da bióloga, secas, imperturbáveis, como a mão que fecha a porta e a devolve para a cidade. A jornalista fica alguns segundos no corredor, respirando o bafo verde da porta fechada. Decupar as falas. Escarafunchar os livros com cuidado para que não virem farelo de história. Encontrar a escama da escama. Ou aceitar que não há escama alguma.

Da porta entre cidade e floresta, ela escuta a bióloga rir. O livro solta um esgar de coisa velha quando aberto e um fogo-fátuo o consome. Ela não o larga, não é quente. É só rápido como a queima de cigarro, a queima da floresta, a queima de informação.

Estegossauro

Você não será paleontóloga.

Seu dinossauro favorito nunca morou no Brasil. No avô do cerrado onde a morte se fantasia de grama para manipular a cadeia alimentar, nunca caminhou o pé esférico do estegossauro.

O pescoço do estegossauro não é muito generoso, escorregador de escamas filhotes. Espinhos. Você entende de pescoços porque quer se suicidar usando um pano desfigurado pela cândida. Espinhas nas suas bochechas. Um desequilíbrio hormonal feroz, como o que sacudiu a Terra e matou o estegossauro. Os ferrões do rabo obeso em beleza sucumbiram. Também as costas parecidas com as suas, curvadas de escoliose jurássica. As quatro patas número 38. Olhos de herbívoro açucarado.

No cerrado que você abandonou, caminhou outro dinossauro. Ele é frustrante, não há filmes sobre ele; ele não reencarnou numa pelúcia verde nem cavou com dentes de plástico um caminho durante seu devaneio no ônibus entre a mineira Muzambinho e a capital São Paulo. Está mais morto que todos os dinossauros mortos. Parente até que próximo do adequado tiranossauro, o terópode erguerá o queixo da esperança por ser citado no texto, mas logo irá preferir outra imortalidade, numa miniatura que incha de memória aquática ou no brilho de uma figura de álbum holográfico.

Você, que não será paleontóloga, terá seu encontro mais próximo com a paleontologia na tarde em que descobrir que a mensalidade do curso custa o patrimônio de sua família migrante. Com uma bermuda larga no quadril e o desejo de degolar sonhos, você sairá de casa no instante em que, há milhões de anos, o último estegossauro fertilizou a terra com seu cadáver âmbar. Na cidade estéril de grutas, seu chinelo esbarrará em algo assustador para a borracha, nem mole nem duro, como a vontade de morrer adolescente.

Você de joelhos baixará sem pincéis nem picaretas. Se curvará à primeira descoberta do terreno baldio, tapando orifícios sensatos com a cera do deslumbramento. A manga da blusa em ruínas descobrirá as almofadas escuras, os caninos gastos dos ancestrais lobos, a ossatura magra e cônica de um cachorro.

Eu também quis ser outra coisa. Talvez um gato, para precisar menos de amor, ou um cavalo ereto à conformidade do corpo-transporte. Quem sabe um dinossauro, para te fazer paleontóloga. Mas você só conhecerá da dor, e eu da indulgência, do seu decepcionado pé.

O centauro hesita

Sol batia de um lado só da rua, de um lado só árvores sortudas, frondosas e arrogantes, abominando folhas secas que debaixo do tênis estalam como bombinhas. Do lado escuro, carros estacionados em vestidos de poeira, nós dois muito cansados, cansados aos quinze anos. O amor dele, bolsa de uma alça só, castigando minha coluna, ele com unhas roídas até a carne mais rosa da ansiedade.

Ele, Sagitário. Alguém pensaria que sempre estivesse de bom humor o menino labareda, mas sua condição de centauro, monstro revolucionário das histórias, o fazia gêmeo da rua dividida, tão agridoce quanto ela. Depositava a esperança no pote de açaí destinado à queda. A calçada nunca mais cheirou outro cheiro. Duzentos anos depois perguntavam por que esse cheiro de açaí? Qual bêbado motorista estourou aqui o tanque púrpura de um caminhão, qual árvore grávida de muitos frutos resolveu tombá-los no chão? No pote de açaí toda esperança, pequeno vulcão em erupção plástica, a colher guardando no côncavo a saliva da boca que eu nunca quis beijar.

Esse menino sentia-se inchado da descoberta do amor, mas não era descobridor do amor, ninguém é. O amor é que descobriu esse menino: arrancando brusco a coberta de seu corpo pubescente; deixando-o esconder o pênis pequeno com a concha esfomeada das mãos; perguntando-se o porquê da violência; o amor respondendo na voz de uma menina sem peitos – não tem jeito, não tem outro jeito, não sei fazer de outro jeito.

Ele me estendeu o pote como se sob um terremoto e me sujou, as mãos cobertas de lava doce. Pus o dedo na boca para lamber o açaí e o vi soltar um gemido vindo da caverna loira das costelas, um gemido de inveja da minha língua que conhecia tanto da minha língua e nunca conheceria nada da dele. Nem da boca centaura, nem do dedo comprido de pianista, nem da gola rolê laranja, do pênis duro mas nunca violento sob o uniforme de *tactel* azul, porque ele sabia, e onde ele aprendeu não sei, que se havia qualquer chance, ela teria que cavalgar no cristal de açúcar ou no recheio de tapioca, nunca no machismo dos machos.

Quer um pouco? Quer um pouco do açaí?

Ariana com lua em Capricórnio, eu não conhecia a piedade, eu era a fúria. Por vergonha das pernas, não usava saias. Cultivava inimizades escolares como uma floresta de bonsai na varanda, e, se não tinha medo, era por espumar como um cachorro de gordo ventre quando a alegria se apresentava na forma de falta de professores, acreditando na beleza de uma juventude terrivelmente eterna e em um apogeu literário aos 21, em apartamentos onde artistas pelados renegariam carne e deitariam nos lombos de tigres.

Nunca. Nunca quero açaí. Nunca quero esse açaí. Você gruda em mim durante um ano e não sabe do que eu gosto e do que não gosto.

[centauro sem músculos, não consigo atirar a flecha, perdi todas as guerras, meu fogo é triste como o de um botijão de gás

*as pulseiras não dão menos que três voltas nos pulsos dela,
finos feito ossos de peixe*

*ela devora a coxinha começando pela bunda cremosa e
porque seus dentes são tortos a massa forma pequenas ilhas
entre o canino e o incisivo*

*com as pernas para cima ela lê gibis e anseia por poderes
mágicos*

*depois de jogar queimada na testa castanha brilham gotas
de suor como sirenes transparentes me alertando do egoísmo
que cabe nos quadris estreitos que nunca ondularão em cima
dos meus]*

A rua, quase colchão, amaciou com o choro e o suco
amazônico colorindo calçada, folhas, carros espectado-
res. Ele ficou parado enquanto eu continuei caminhando, a
gota de açaí escorrendo no queixo com a mesma densidade
do oi mais difícil que ele deu no pátio da escola, do adeus
mais fácil que previu no nascimento de sua barba dourada.

Fui para a casa dele, jogamos videogame, ganhei, e ele
passou a tarde perdendo tudo.

Tábua

Baltazar assobia. Esmurra bromélias, copos quebrados de leite, lóbulos rasgados de brinco-de-princesa. O sangue escorre pela luva do jardineiro.

Baltazar assobia. Ana dobra o lençol endurecido e se senta na cadeira. Come o pão seu de cada dia e escolhe um vestido sem estampa, porque as roupas não precisam ser matas amorosas. O corpo é um templo e o sacrifício é uma Ana, com artérias regenerativas para morrer um pouco sempre que esquecer que é casada.

Baltazar assobia.

Ana não tem absorvente e a menstruação avança pedaço por pedaço de tecido, adubo magro de sonhos vaginais. Lava a saia na água sempre justa dos maridos e não espera o amolecimento do homem feito de ferro.

No vácuo entre as últimas tábuas que Baltazar martelou, entra uma abelha. Tropeça na escuridão e aterrissa na pista de pouso da calcinha manchada. Ana não gosta do silêncio da abelha e a põe entre os dedos; aproxima a concha da orelha. O zumbido viaja pela acústica imprecisa das palmas. Ana precisa conversar.

Baltazar cortou árvores. Do terreno baldio onde cometeu homicídios botânicos até a casa, ele conseguiu arrastar nas toras de braços quatro troncos. Transformou-os em tábuas. Com algumas, cobriu as janelas da sala, fazendo uma sombra incômoda para as plantas. Enquanto assobiava, selou os vitrôs da cozinha e banheiro, e o resto das tábuas no quarto de casal.

No breu, Ana ingere toneladas de bichos trazidos no ombro de Baltazar, sem saber fazendo-se forte com o tutano enclausurado, seu sangue engrossado dos chifres moídos e as tripas bovinas sendo as únicas cordas que impedem o útero dela de se espatifar no chão. Com essa musculatura silenciosa, Ana poderia quebrar as tábuas cadavéricas de árvores e os ossos do rosto anguloso de Baltazar.

Dentro da mão por cinco minutos e Ana não suporta ver a abelha presa. Levanta cada um dos dedos, mas é só quando o último, o mindinho, se abaixa que o inseto alça voo, bêbado de um suor triste, não querendo deixar seu ferrão numa carne que já morreu.

A abelha escapa.

Baltazar assobia.

Eu me apaixonei pelos seus cotovelos

Os braços amarelos da noite, ele os perseguia da janela. Não sabia se eram braços de homem ou mulher; não importava, não pareciam humanos, pontudos como a orelha de um elfo. Apoiados na vidraça, atendendo a porta, acendendo o fogão, varas de pele segurando o cigarro em sua queima sexual. Como seria fazer amor com cotovelos afiados? Será que o sangue vertido teria a cor das lulas, o rosado que lembra o amor?

"Você sabe quem mora lá?" O porteiro respondeu que não podia fornecer esse tipo de informação.

Quando ele acordava era um bicho que se arrastava no escuro, encostando a boca babada no vidro. Punha a cueca, resoluto, certo de que finalmente atravessaria a rua que separava os dois prédios.

Mas à tarde sentava na cama, esvaído, como se a coragem para levantar também esfacelasse as juntas. Amanhã ele iria. Amanhã nunca iria. Havia obrigações, afazeres, contas avalanche se amontoando na porta.

Pela noite, os cotovelos teciam uma mortalha de ciúme. Por entre prismas de luz barata do estrobo, ouvia os cotovelos descuidados baterem em quinas e, bêbados, caírem nos braços da poltrona azul. Via-os dormentes, num ângulo de quarenta e cinco graus, próximos ao rosto sempre sombra. Sonhava derrubá-los na cama desarrumada, pondo-os entre os dentes até sentir a carne se desligar do osso. Porque não era justo: pessoas levavam anos para se gostar e a ele bastou uma janela.

Não querendo saber de justiça, se pôs ante uma porta que separava a vida que levava da vida que levaria depois de abri-la. Tocou a campainha desejando que nada acontecesse. A maçaneta girou.

"Você é o homem da mudança?", os cotovelos perguntaram, flexionando a pele fina de galinha depenada.

Os cotovelos pertenciam a braços gordos de uma mulher de olhos puxados. Dentro deles, enxergou a tristeza de um colegial solitário, uma faculdade frustrada de matemática e as fotografias meia-boca que haviam financiado o apartamento.

"Você é o homem da mudança?", insistiram os cotovelos. "Você está atrasado".

Todos os movimentos braçais que ela fazia tornavam seus cotovelos atraentes: conhecia-os da distância da janela, da maneira como ela falava e eles faziam um ângulo de um isósceles sedutor, ou da maneira como quando em repouso a pele se sustentava, ainda macia, ainda imune à aspereza. Teve vontade de chorar quando ela arregaçou as mangas.

"Ande logo com isso, sim", ela pediu sem rudeza, apontando uma caixa. "Se puder guardar os rolos de filme, eles já ficaram expostos por tempo demais".

Assim fez, tomando o cuidado de ver os negativos, sem achá-los muito interessantes.

"É fotógrafa?"

"Não sei se alguém pode dizer que é alguma coisa, mas é o mais próximo do que sou. Tome cuidado com a câmera".

Manuseou-a como se fosse um inseto gigante dos programas de natureza da televisão.

Apontou a câmera para ela.

"Vai pra onde?"

Ela estranhou a intimidade da pergunta, mas não da lente. Ajeitou os braços na cintura.

"Eu ainda não conheço o destino. Primeiro, prum hotel. São tantas coisas, depois decido; se eu não ficar me mudando, crio raízes como um carvalho. Dói muito arrancar."

Ele, que nasceu no mesmo apartamento, vira o avô morrer ali, sob o mesmo teto em que sua primeira ejaculação grudou leitosa na parede.

"Tem fotos?"

"Sim, umas poucas poses. Quer experimentar? Pode fotografar minha mudança. Tire fotos de mim, dando voltas pelo apartamento."

Os cotovelos eram finalmente seus. Ela arrumou a cama pela última vez e deixou as torneiras ligadas, para encharcarem o piso do banheiro, dizendo que os próximos moradores eram advogados e que não havia gente pior. Abraçou sem vergonha o armário de mogno.

"Guarda o equipamento pra mim. Preciso cagar antes que chegue essa gente limpa."

Seu último clique foi o cotovelo contrastando com o ladrilho gasto do banheiro.

Ele passou a manhã toda trabalhando e a cola fez as mãos lembrarem as de um manequim de loja. Em casa, cobriu as janelas com fotos de cotovelos colossais e não bateu mais sol. Era como amar uma gigante. Então, vestiu a cueca e atravessou a rua. Tinha que comprar pão.

O ciclista dócil

A matilha homogênea veste roupas elásticas azuis e verde--limão. Ele é o mais alto e tímido, e sua humildade camufla peculiaridades seguidas por olhos desejosos: os calcanhares tensionados; as pupilas largas; a garganta rajada de veias verdes; costas arqueadas como em susto permanente. É corcunda, belo, resoluto. O único sem camisa.

Ela o separa dos outros ciclistas de joelhos hirtos quando o rabo da alcateia troca de marcha para subir a rua.

...

A bicicleta é um cervo retorcido no campo do cômodo. Rastejam algumas traças, baratas, morcegos, substratos de pesadelos. Não se assusta. Está entre os seus.

O quarto sem janelas não deixa entrever o correr dos dias, mas seu corpo não carece da soalheira. As veias se alargam, o sangue corre uma maratona de glóbulos, os vermelhos sempre vencendo, alugando apartamentos de músculos para enchê-los de dor. Faz uma semana que está cativo.

Antes do fim de cada noite, seja lua cheia ou minguada, seus tênis atravessam o quarto na trajetória de um cometa fodido. Duas patas cor de cobre raspam o gelado do azulejo. Ele não uiva. Sua garganta não tem cordas vocais para o terror.

...

Ela coloca no centro do quarto uma embalagem com linguiças. Aproveita que ele dorme para se aproximar.

Levanta os lábios do ciclista, espiando-os de perto. Ele consegue comer o que quiser, destroçar o plástico, cheirar a memória de porcos virgens de lama. Ela corta a embalagem com uma tesoura sem pontas, se regozija na ilhota da bondade num lago de egoísmo e depois joga o plástico na lata verde dos recicláveis.

O oxigênio incomum ventilado pelas narinas ciclistas mantém longe a fauna do quarto, mas atrai a esperança.

...

Me morde.

Ela marca com caneta esferográfica lugares possíveis na escura pele. A coxa; a ponte de carne entre o ombro e o pescoço; a própria garganta, cuja jugular ela torce ter tangenciado; os pulsos breves. Estende os dois para ele.

Ele não diz não. Sua respiração, roncada como o escapamento de um carro, sobrevoa as veias saltadas dos pulsos. Roça as bochechas na colina dos membros, cheira-a longamente, por vezes avança a língua salmão nos ossos, mas baixa o pescoço e não faz nada. A saliva, densa, dourada, é insuficiente. Ela pede de novo: me morde. Ele retorna às sombras do cômodo e fica em silêncio. Às vezes gane quando percebe a bicicleta começando a enferrujar.

Se eu passar óleo nela, você me morde?

O cenho franze uma montanha de pelos ruivos. Ela acha que é um sim.

Na vendinha da esquina, compra mais calabresa e óleo de peroba. Besunta a bicicleta e mostra para ele como as correias deslizam agora meladas. Ele dá de ombros.

...

A transformação não é como a dos filmes, com um alargar desproporcional dos músculos, um contorcer-se como um planeta elíptico, um latir para um satélite livre de culpa. É mais um susto, depressa, um instante de ações elencadas – olhar o celular, comer uma laranja, pegar o ônibus – e depois ser tomado pela ineficácia de tudo aquilo, querer esmagar a obviedade das coisas.

Não sabe se quer dar isso a ela. Enquanto regurgita bolas de pelo, pensa que o poder não é seu. Se o ganhara por acidente, ela não seria o seu próximo acidente travestido de algoz com dedos cheirando a carne e uma curiosidade anormal por bicicletas?

...

Na penúltima noite, o escuro está preguiçoso e ela também. As correntes farfalham no breu. Ele gesticula com seu focinho alongado para que ela chegue mais perto. Pressiona seus caninos na circunferência de pele marcada.

Você terá uma velocidade monstruosa. Seu nariz saberá o dia em que foi fecundada cada fruta. Mas haverá consequências, você não irá enfrentá-las agora, só sentirá prazer. Uma fome incontrolável pelo movimento das ruas. Agudeza de reconhecimento de caráter, o que tornará impraticável sua convivência humana e animal; a primeira pela rispidez, a segunda pelo insuportavelmente terno. E você será dócil ao menor lampejo da luz dourada, consumida de saudade de um cerrado ancestral. E nem adianta ir para lá, eu já tentei. Os lobos-guarás não te aceitarão.

Os caninos perfuram camadas de derme e expectativa. Ela solta as correntes com mãos escorregadias de sangue. Ele pensa que agora são iguais. Ela pensa que nunca dois corpos poderiam ser tão diferentes.

...

A única sem camisa. Contra as colinas escuras dos seios batem gerações irreconhecíveis de folhas, ventos de um mar camuflado em serras quase extintas, não só no presente, mas no tempo do parto dos oceanos, dos átomos com tesão e das deidades desenhando a Terra. Ela é o mais próximo do que já está extinto. E tem força.

Esmera-se para ir devagar, no prazer da manutenção de suas poucas faculdades mundanas, no fingimento de ser órgão vital da alcateia. É importante ter um propósito, quebrar menos pescoços. Sorte do mundo que os lobos-guarás são dóceis.

Mas ela, diferente dele, diferente dos lobos, nunca será pega.

Bali

O olho, como uma vespa, não para quieto e o balde treme nas mãos. Joana gosta de alguns sons: a goteira metálica na pia e o zíper da calça jeans sendo puxado. Mas o preferido é o da campainha do motel, avisando que o quarto está vago e que ela pode começar a limpeza. Ele lembra talvez o sinal de recreio da escola primária, onde a única preocupação era se o mato no pátio teria espaço para mais uma, a naturalmente solitária.

O bafo quente do quarto toca suas bochechas, ar previsível de um casal que se esfregou na cama durante o meio período. Usaram a camisinha na primeira vez, na segunda já estavam muito bêbados e o gozo ansioso prateou o lençol. Joana passa a mão pelo tecido endurecido. Será que eles dormiram, se enroscando um no outro, cansados demais para uma terceira vez? Teriam detestado os pássaros mal pintados nas paredes, de olhos acusadores e amarelos? Colocou o dedo na boca, o gosto áspero e leitoso da porra.

Todos os casais são vestígios dos casais que foram embora, sabe disso. Mas os inveja, querendo que algum deles se separe e que qualquer membro, qualquer um mesmo, note-a entrando pela porta branca, pergunte seu nome e a convide para uma cerveja.

Enrola-se no lençol, prende um fio de cabelo preto na boca e enfia a mão no meio das pernas. Nos três anos em que trabalha no motel Bali, Joana espera os casais irem embora e, antes de apagar seu rastro com água sanitária, se joga na cama para se masturbar.

Joana é uma funcionária irrepreensível. A única sem filhos, que só tem pausas no café, que não fuma, que deixa os quartos como se ninguém houvesse trepado neles, nem em mil anos. A favorita. No preto e branco granulado do pequeno televisor, Seu Carlos finalmente entende os cochichos e a exclusão ginasial imposta pelas outras camareiras a Joana. Assiste ao orgasmo e desliga os televisores, incapaz de prosseguir.

...

"Isso é uma situação muito delicada. Delicada demais. Joana, francamente... Presta bem atenção. Faz algum tempo, instalei câmeras nos quartos. Em todos. O que é que você anda fazendo?"

Ela se senta na cadeira verde-selva do escritório de Seu Carlos, calma, como se estivesse esperando aquela conversa há muito tempo. A discrição faz parte do gozo e é com cautela que se move pelos labirintos de suas complicadas faxinas.

"Como isso começou?"

"Como começa toda história de amor. Devagarzinho."

"Isso não é amor", ele também se senta, projetando nela uma sombra paterna.

"Seu Carlos, será que o senhor conhece o frio da cama vazia? A cama que foi feita para ser de dois, para sempre amputada? Claro que não. Eu imagino a sua vida porque conheço a vida de todo mundo, o jeito certo como ela se desenvolve. Até as plantas, Seu Carlos. Até os cachorros de rua. Todos tiveram a chance de escolher uma mão, um galho, uma pata, sei lá, qualquer coisa. Eu só tenho o lençol dos outros e é melhor do que não ter nada."

"Você não sabe das doenças que moram aí, Joana."

"Não tem doença maior que ser só."

"E a solidão passa quando você deita na cama?"

"Não, não passa. Mas a gente engana. Sabe quando você para de fumar e sente tanta saudade que às vezes só coloca o cigarro na boca, sem acender nem nada, só pelo prazer do movimento? É, mais ou menos isso."

Seu Carlos explica para Joana que escolheu o nome do motel por entender o peso do paraíso. Lugares idílicos só existem porque alguém trabalha para mantê-los assim. Era a obrigação dele e das camareiras: a manutenção da utopia; a razão do néon sempre aceso; o som artificial de grilos, que ocasionalmente toca nos quartos e faz os clientes pensarem que estão desbravando a mata.

"Eu posso te dar uma chance, Joana. Mas você tem que tentar. Tem tantos jeitos agora, você pode procurar na internet, não sei. Se você encontrar alguém, qualquer pessoa, e parar de trepar com os lençóis, tem o seu emprego pelo tempo que desejar. Sou generoso, é a minha natureza, mas não idiota. Nem acho que você seja. Você entende que, se eu te demitir e não escrever uma carta de recomendação, todo mundo vai imaginar as coisas erradas que você fazia aqui e não terá mais emprego, mais nenhuma cama."

Joana sempre imaginou que o nome Bali era porque em Bali havia selva, e na selva todos os animais fodem. Levanta-se com dignidade, sem esperar compreensão do Seu Carlos. Amar os lençóis era sua única oportunidade de participar dos ciclos naturais de reprodução, ainda que o reproduzido fosse uma tristeza transparente escorrida nas mãos. Sente seus olhos encheram-se de um líquido menos viscoso que os que lhe davam prazer ao pensar que até as samambaias penduradas na janela, até elas, encontraram alguém. Continua irredutível. Ela estende a mão, ele se lembra do vídeo e deixa a dele no bolso. Joana sorri.

"Eu não vou abandonar o meu vício. Existem outras camas. Na loja de colchão da esquina. No hospital, quando seu filho quebrar o pé. Num hotel em cidades sem tecnologia. Em qualquer lugar que lembre a morte ou o sexo, eu vou me esfregar e vou me deixar. De que adianta ter um motel, se você não respeita todas as formas de amor?"

Joana deixa o quarto de vigilância. Está indo para uma vida de gozos anônimos, quase possíveis de imaginar em intensidade, mas fortes porque vão precisar acontecer em outros lugares. Um hotel sem câmeras. Casais que nunca se preocuparam com a segurança de portas e janelas. Ou a cama dela, aberta para quem quisesse amar e não se importasse que ela ficasse com os rastros prateados do depois.

Suellen

Nunca confundo Suellen com a aproximação do ônibus, que, meio dragão prateado, vai comendo a rua e cagando gente cansada. Ela refuta todos os tênis, grendenes, melissas, os sapatos prisão de pé. Seu pé, obsceno no joanete lembrando ereção, sempre esticado, bailarina de extremidades negras, em chinelos das mais variadas cores, mas sempre chinelos – mesmo que chova, mesmo que em Itaquera faça um frio de moletom, mesmo que a roda gigante do meu busão passe fazendo água parada espirrar nas canelas. Suellen é sempre a última a subir, o queixo tão reto que, se colocassem uma régua de marceneiro, a bolinha no líquido verde ficaria no centro. Ela parece que vai dominar um rio, andar sobre ele, não vender calcinhas no centro.

Eu sou feio. Suellen sabe, eu sei, o motorista sabe. Não há nada mais feio que meu bigode numa puberdade eterna, projetando apenas uma sombra castanha, o suficiente para guardar gotas milimétricas de suor amarelo que se formam quando Suellen depende de mim, quando me mostra uma nota de dez reais e imagina que não tenho troco. Mas à noite, quando os ônibus dormem na garagem, vou separando o meu dinheiro, tudo que não gasto em salgado, para poder dar o troco, para que ela nunca fique com vergonha nem faça fila atrás dela.

Senta perto de mim, os chinelos inchados de água, e põe os fones. Cada um escolhe o que pode para impedir aproximações. Ela escolhe o veneno musical, baixinho, me negando o privilégio de entender o que faz pálpebras oleosas e cílios curtos deslizarem até o fim. Em Suellen nada nunca termina. O vestido nunca cobre o joelho inteiro, o chinelo é menor que o pé, a calcinha que ela vende desfia na primeira lavada. Quando eu gozo pensando em Suellen, não vou até o fim, fica um pedacinho, o esperma cristalizado que dói e me faz chorar e já me fez pedir para o motorista me mudar de linha, mas não. O tormento também não tem fim com Suellen. Ela é daquelas tempestades morninhas de fim de tarde, que acabam com a luz do bairro todo, mas que você aguenta porque espera que baixe o calor.

A única coisa de Suellen que termina é a sobrancelha, que é só uma, unida por uma ponte de pelos. Essa ponte vai vincando, deformando, porque estou olhando para ela com a boca aberta de rinite, mas também com a admiração que só senti uma vez quando era criança e acompanhei uma bolha de sabão demorar para estourar.

E lá vem, e já vai começar, eu e Suellen vamos dançar de bunda sentada, a sua dança preferida, a da rejeição:

"De chinelo, Suellen? Nessa chuva? Tem a doença dos ratos, tem o mijo, isso não te incomoda? Você gosta demais de molhar os pés."

Ela me olha como se pensasse seu bostinha, você usa todos os dias a mesma camisa azul, mas eu pergunto se você gosta, se é sua cor preferida, se você fica horrendo de vermelho? Não, né? Então. Mas eu continuo, não tem fim, quero que a bolha dure:

"Eu odeio o som das catracas. É o som que eu mais detesto, parece que cada giro conta as horas do dia, parece que não tem noite porque depois daqui eu vou embora, durmo e acordo e gira a catraca de novo."

"Por que é que você me conta as coisas?", a unha dela me dá vontade de pintar minha casa dessa cor, cor de coral da sedução sereia do mar, os nomes que fazem tanto sentido quando se coloca no potinho de esmalte que ela gasta só pra ver escorrer. Como eu sei disso? Eu sonho.

"O que eu sou? Eu não sou aberta, eu não me importo. A gente só tem em comum o ônibus que você trabalha e que eu tenho que pegar pra vender calcinha.

Nunca vou beijar Suellen, nunca vou sentir o metálico da obturação cratera no seu molar esquerdo, saber se usa chinelo para dançar forró ou se no fundo do fone de ouvido não tem nada além de uma cera, que abelhas do tamanho de piolhos devem fazer, e, sendo doce, eu comeria. É mais fácil descobrirem o dragão, é mais fácil eu morrer como morreram tantos dos meus amigos só por estarem no portão e a polícia com tédio, é tudo mais fácil. Então, se é nunca, deixa o meu dedo, não o impeça, ele vai fazer uma trajetória no ar, atravessar braços esmagados, luz fria falhando, bolsa que sonha ser de marca, ele vai com muito cuidado e toca o meio de suas sobrancelhas, como se os pelos fossem uma grama verde e negada. O amor começa e termina em sua sobrancelha e numa mentira.

"Suellen, um dia eu queria ser seu amigo."

Ela desce do ônibus fugida, como se não tivesse pago a tarifa.

A estufa

Na minha nova casa não tem janela. Com a unha magra cortei no ar os dias em que fui obrigada a morar nela. Trinta e seis e meio mais esta manhã cinza que eu só vi porque na hora de trocar meu penico a Isabela esqueceu de fechar a porta e no corredor tem um buraco na parede. Uma nuvem gigante rocambole de trovão e três pequenas seguidoras. Até nuvens precisam de liderança. Meu pai costuma dizer que somos um rebanho de deus e seu cajado celestial deve ser firme. Meu longo cabelo esconde uma cicatriz feita com a bengala firmemente paterna.

Arrumo as trinta e seis xícaras no armário sem arranhar asas. Passo horas manejando envergaduras, deixando-as exibir contra o vidro da cristaleira cisnes de laço azul no pescoço. "Eles parecem tristes, os cisnes", você diz numa baforada de cigarro. Sua boca some. Nunca pensei neles como tristes, nunca pensei nos objetos com sentimentos. Você escarra prosopopeias junto com nicotina e de repente estou falando. "Talvez eles sejam tristes por usarem laços azuis mas gostarem de rosa talvez eles não gostem de ter penas tão brancas porque suja por qualquer coisinha esses dias mesmo foi só um espirro perto da borra de café e puf os cisnes todos sujos mas você sabe que". Você ri lábios grossos. "Você fala bastante, Helena".

"Helena, você fala bastante". A enfermeira esguicha a mangueira e quebra com a força aquática da sua cura minha articulação. Engulo água, tenho saudade do fogo. Vontade de fumar, não por causa do gosto ou do cheiro. O prazer é que, quando o cigarro vai acabando, ele se torna pavio de mim.

Os órgãos sexuais do que é proibido são os ombros. Os meus morenos, com hematomas das ruas, os dele brancos, incapazes de alcançar o bronze do sol porque só conhecem escritórios. Ombro com ombro com ombro com ombro. Ele os esbarra nos meus a cada oportunidade doméstica. Passa a tarde inteira esfregando-os contra o papel de parede da sala, indo e voltando. De noite, eu esfrego os meus no mesmo lugar e não consigo dormir.

Não quero mais ombros. Quero atá-los com a mesma força da camisa de mangas intermináveis que uso quando não sou quem deveria ser, a passiva receptora de língua estendida com o dom de engolir o maior número possível de pílulas. Para não devorar cores sem propósito eu as dou razão: a pílula azul contém o acesso negado ao céu; as brancas o cheiro da água sanitária que nunca abandona as mãos de quem trabalhou com limpeza; e as rosas tenho mais dificuldade de qualificar. Enquanto Janaína, minha companheira ocasional de recreação, diz que há nelas uma poção de amor que nos torna dóceis para só ocuparmos o pátio do sanatório das 15h até as 15h30, eu penso que a rosa é mais branda, a placebo, a única a nos lembrar dos tons da vaidade perdida quando decidimos enlouquecer.

Ele me senta na cristaleira e minha nuca transpira no vidro envergonhando a louça. Com os dentes desliza roupas nos ombros e coxas. Não sei o que ele vai fazer, mas não acho que seja parecido com o que meus pais fizeram para me criar, porque ele agacha e as luzes da sala de jantar plantam em seu cabelo três holofotes. A cabeça brilhante se aproxima dos meus joelhos separando-os e sua respiração quente insufla a calcinha como o vento na toalha do varal. A cristaleira destroça o papel de parede. Conheço a nervura dos meus pés. Descubro que meu gosto tem algo de musgo quando ele me beija.

Quando me masturbo, elas colocam meus dedos na água fervente na esperança de que eu pare. Vou perder os dedos. Acho possível uma mão sem dedos.

A mãe anda com dificuldade. Nas suas visitas, demora tanto para cruzar o corredor que, quando chega e me dá um beijo na testa, já é quase hora de partir. "Você está comendo direito? Não converse com as outras. Minha filha", sua bolsa escorrega pelo pulso magro, "Você não é louca. Você não é como a Janaína que quer ser advogada ou como a Isabela que só sabe escrever poesia do diabo. Você precisa ser mais esperta. Sei que não é à toa que você é bonita desse jeito, mas aquele homem é casado. Ele precisa continuar a ser. Todas nós precisamos continuar a ser."

"Helena, eu te amo."

"Helena, engole as pílulas."

"Helena, vamos fugir?"

"Helena, as grades são para sua segurança."

"Helena, eu não posso largar minha mulher. O que vão pensar?"

"Helena, no turno da noite alguns guardas dão uma escapada pra beber. Aposto que você consegue fugir!"

Gosto que ele queira deixar a advocacia para pescar no Ceará, mas não com o pai, e sim com um barco próprio que não se perca na tempestade porque sua âncora é o desejo do retorno. Gosto que nossos sonhos incluam a construção de uma casa na praia e gosto principalmente que daqui a três noites ele arrancará do dedo a aliança, a colocará sobre a cama, e na noite mais escura que já viu o bairro do Tremembé nós dois vamos andar a pé desafiando mendigos e vira-latas.

A manhã se estende e, me observando pela primeira vez, se retrai, o céu escondendo-se atrás dos sobrados. É tempo das vésperas dos carnavais, e nos postes começa uma tímida decoração. Não há carnaval no hospício como não há nenhuma data que não a de entrada ou saída. A minha de saída está distante. O primeiro ônibus para Edu Chaves passa rente à calçada, o motorista preguiçoso direcionando as luzes nas pontas duplas do cabelo. "Você vai morrer atropelada, sua louca!".

Da cristaleira, ele retira um envelope. Não há naquele corpo engomado que me encara um resquício qualquer da minúscula cidade cearense que iria conhecer a farofa sexual dos nossos fluidos. Sinto de repente saudade do futuro. Abro o papel. Minha carta de recomendação tem poucos adjetivos. Asseada. Organizada. Dedicada. Passional. Um brilhante futuro como governanta em qualquer lar. Há tristeza mas nem se quiser ele pode negar que também há o alívio de que amores possam morrer como plantas sedentas. Mesmo um cacto pode morrer de amor. Pode morrer se for jiboia, muito fácil de cuidar, é só regar uma vez por semana e afastar pulgões. Enquanto falo de plantas, ele circunda a mesa e deixa a sala de jantar.

A padaria desenrola a porta de metal e o cheiro de farinha fresca escapa com a facilidade que eu fugi do sanatório. Quando descubro meu rosto no vidro da estufa de salgados, ele é um belo rosto. É como um rosto tem que ser, um rosto que ainda sonha, que viu tudo de ruim, mas que ainda permanece com os olhos debaixo das sobrancelhas, o queixo segurando a boca, a testa lustrosa do óleo matinal.

O moço atrás do caixa não veste branco. Quando peço um maço de cigarro, os lagartos verdes da camisa dele se esticam suados.

No meio da janta, o cheiro do pão se perde misturado ao dos legumes. É raro eu na ceia, e ele estranha meu quadril apoiado no móvel, meus olhos na esposa. Ela come como sempre comeu, sorvendo o caldo entre os dentes da frente. Quando abro a cristaleira, eles dizem não precisarem de mais louça. Eu também não preciso. Vou derrubando uma a uma, os trinta e seis cisnes encontrando uma morte abrupta. "Helena, o que você está fazendo? Você está louca? Você está louca você está louca você está louca!" Ele levanta o telefone na orelha e sussurra as palavras que me enviariam para a casa de cuidados mentais.

Toco no vidro sem vontade de quebrá-lo. A unha magra escolhe uma coxinha que acabou de deixar o forno, a bunda ainda quente e cremosa. Posso dizer que o gosto é de liberdade, mas nunca nada foi tão gostoso quanto aquela coxinha.

O Monza do faraó

Com as mãos meladas de durex e ansiedade, ele telou toda a casa durante a madrugada. O amanhecer surpreendeu-o sentado no sofá puído, cansado, os olhos duas bolas vermelhas, as bolsas sob eles roxas como a aurora que se anunciou derrotada e iluminou suas posses: um lustre de falsos cristais, uma estante de livros sem livros, uma TV ligada nos infortúnios vindouros com o mesmo tom dos telejornais. Estava cansado, mas não iria dormir. Queria vê-los chegar.

Na noite anterior e sem muito alarde, alguns morreram no pequeno pedaço de terra e grama que gostava de chamar de quintal. Entendia que perdiam a força se por algum motivo se separassem do enxame e se suas bocas esbarrassem no asfalto e não no grão, caindo de lado feito vans acidentadas. Deixou os mortos para trás sem dó e sem sepultura.

Antes de poder passar um café para tirar da língua o sabor pastoso da madrugada, os vivos rebentaram contra a sua janela. Crianças vizinhas berravam excitadas. Adultos tinham na boca a costura do medo.

Ele caminhou até a porta telada. O gato no meio da rua era sem sorte ou valente. Um vestido assimétrico de gafanhotos deixou entrever entre patas e fome o que as bocas feias não conseguiam comer sem deixar de tentar. O resto do enxame, nuvem marrom, se incumbia de devorar o recheio entre céu e terra.

Era pior, bem pior do que na TV. Um deles pousou a poucos centímetros do seu rosto, do tamanho de sua mão. Não chama os outros na linguagem incógnita dos insetos. Seus companheiros comiam as espadas de grama vizinhas, envergavam em peso artrópode um condenado pé de acerola. Nas casas não teladas, irromperam exclamações de pavor e o som de algo rompendo como um pote gordo de geleia.

De cenho franzido, elaborou um amanhã de pequenos e sucessivos azares estomacais para si próprio, seus vizinhos de duas pernas e os de seis. O pão encarecendo no mercadinho, menos macio e mais oco de vontade. Dias de varredura intensa. O mato escasso para os lábios inimagináveis dos bichos toleráveis, a formiguinha, a joaninha.

A nuvem era muito rápida. Quando acabou, sobrou uma mulher.

Feito um gafanhoto que dobrou de tamanho, ela está sentada de cócoras, as coxas grossas pressionadas nos braços finos, os pulsos sem força apoiando o queixo pontudo. Os olhos estão grávidos de propósitos histriônicos. Só os entendeu quando ela começou a se mover.

Saltou perto do Monza do vizinho dele. Era um carro muito amado, cintilante dos periódicos banhos de cera em sua tintura vinho. Ela estendeu uma mão de garras prateadas. Começou a arranhar de ponta a ponta o Monza, riscando-o com o que agora percebeu ser um molho de chaves. Tinha a convicção de uma praga e também sua displicência: desenhou na pintura colinas furiosas, círculos incompletos, hieróglifos indecifráveis. Às vezes olhava para trás, as chaves em riste, pronta para enfrentar quem ousasse pará-la. Porém tudo morreu no enxame, inclusive a coragem.

Ela se afastou, alta agora que não mais de joelhos. Parecia admirar o que havia feito, ou refletir se era o suficiente. Chutou as lanternas dianteiras. Uma quebra, a outra resistiu. Os nervos da pele protestavam avermelhando a sola do pé, sem rompê-la à pressão do tambor de sangue.

Ele sentiu a violência imantar seus olhos, a atenção do pescoço. Estava com sono, com fome, mas se recusou a se mexer e todo bairro padeceu da mesma imobilidade. A imantação reversa do seu fascínio não era imóvel. Atravessou os quadrados milimétricos da tela e o tremor da grama vencida. Do asfalto que separa sua casa do Monza, alcançou o pé sem inchaço no qual ela se equilibrava. Perneta, a mulher girou o corpo. Largou a carcaça do carro e foi em direção a ele. Andava humana, mas sabia que ela não era. Ou não só era.

Parou de olhá-la, perscrutou seu cômodo, procurou um objeto qualquer, uma domesticidade ínfima que justificasse a permanência na sala. A casa não ofereceu nada.

Ela o encarou através da tela. Aproximou a boca. Ele ofereceu o ouvido temeroso.

"Você diga a ele que fui eu. Não faça ele ter dúvida de que fui eu. Diga que foi com a chave dele, com a mão que foi o brinquedo favorito dele que acabei com algo que ele amava."

Prometeu para mulher que iria contar. Repetiu três vezes a frase com nitidez.

Estava vindo outra nuvem. Ou a mesma nuvem.

A mulher voltou para o meio da rua, a mão sob o capô do Monza, se avizinhando dos estragos passados e futuros. A terra começou a latejar, a tela também. O sangue nunca parou. Ele não ficou para vê-la desaparecer.

Neutrox

A pousada é muito verde. Estacionamos a caminhonete na frente dela às 3h da manhã e ainda assim dá para perceber que alguém se esforçou em juntar num latão de tinta os verdes mais escabrosos para pintar a fachada. Os faróis lançam olhos na porta pintada de amarelo-canário. Era só o que me faltava nesta viagem. Uma pousada ufanista.

Escolho não reclamar em voz alta, porque Caio com sono fica insuportável, e quando ele fica insuportável gosta de esmiuçar minha tese de mestrado procurando um montão de defeito com o escrutínio de quem dedicou a vida a estudar uma flor.

A dona da pousada abre a porta sem a menor pretensão de fingir que não estava dormindo. Fuma um cigarro recém-aceso, inteiro e rijo. Olha primeiro para mim. Não gosta do que vê, o cabelo oxigenado, a blusa estampada de onça. Depois olha pro Caio. Gosta menos dele, porque o Caio, ao contrário de mim, não se importa em devolver o olhar, encarando a dormência dos troncos de árvore que estão na caçamba da caminhonete, como se eles pudessem escapar.

"Dois quartos?"

"Não, um só", Caio responde desatento.

Os músculos do rosto dela se contorcem de maneira quase impossível. Sei o que ela pensa. É o que todo mundo está pensando, é o que ninguém diz em voz alta, é o que

Caio não pensa, porque o cérebro dele processa por dois segundos o banal e depois joga fora. A dona da pousada volta para o prédio verde, e a porta no seu rastro fecha com força.

Sou o primeiro a entrar. Ela está atrás de um balcão de madeira, protegida na curvatura de um carvalho-alvo morto para virar um móvel feio. Imprime papéis e, ao estendê-los na minha direção, pergunta o porquê dos troncos.

"Eu e ele somos botânicos. A gente estuda os anéis dentro do tronco das árvores, para saber a idade delas. A gente tá percorrendo cidades aqui de Minas atrás de algumas espécies."

"E por que vocês se preocupam com a idade das árvores?"

Sempre me preocupei. Quando criança, abraçava as árvores raras do subúrbio carioca, querendo saber há quanto tempo elas estavam na Terra, o quanto mais ficariam até alguém decidir que elas atrapalhavam a fiação da rua. Mas explicar meu amor tem sido exaustivo. Para a maioria das pessoas, árvore é só para cortar.

Caio se junta a nós. Pergunta se o quarto tem ar-condicionado. A dona responde ventilador. Caio pega a chave de suas mãos com um gancho da própria, os dedos torcidos e rápidos. Começa a procurar o quarto 32 numa pousada que não tem cinco aposentos. Eu o sigo. Caio gosta de liderar, e eu estou acostumado a ficar atrás, contemplando mais a nuca do que a inteireza do rosto dele. Como sou o último, minha orelha é sempre bacia da falação. Não é diferente dessa vez. Antes de sumir da vista da moça, ela fala baixinho, mas não o suficiente.

"Não sujem meus lençóis com a porqueira de vocês."

...

Não consigo negar a beleza do cabelo do Maurício. Nem teria por que negar. Reconhecer beleza não significa nada. Reconheço a beleza o tempo todo, a da transição cidade--campo, a do parasita comendo o recheio da árvore. Simplesmente reconheço.

Maurício compra muito neutrox. Os cilindros cor de creme pesam nas sacolas de plástico. Sempre três bisnagas, mesmo que as compradas antes estejam longe do fim.

O cabelo dele é bem escuro, de um negrume noturno, mas agora está da cor de uma gema de ovo. Maurício descoloriu para o carnaval. Ele foi entregador de comida antes de entrar em biologia. Quando ele dirige, fico imaginando o mesmo cabelo na precariedade do vento urbano, enrolando sujeira e sonhos no rizoma dos cachos.

Não consigo parar de sentir o cheiro do neutrox. Em todo lugar. Na maionese do pão, no líquido branco da seringueira, no suor inevitável, no odor das solitárias punhetas.

"Troca de xampu. Sério, por favor."

"Mas o neutrox é barato. Me dá uma boa razão pra trocar."

"O cheiro me irrita. Só isso."

Ele passa a mão devagarinho no cabelo. Cada dedo atravessa a estrada do comprimento dos fios, soltando partículas de perfume no veículo abafado. Maurício é um puto. Não vou dizer mais nada.

...

Caio bate a porta da caminhonete com força. Na caçamba dormem três troncos, volumosos mas insuficientes. As expectativas eram outras para essa tarde e manhã. Caio faz dos dias uma guerra e é sorte quando vence, mas as derrotas, as do cotidiano mesmo, uma pousada sem vaga, um tronco sem histórias, endurecem seus músculos.

Na madeireira havia uma promessa de toras diversas, inadequadas para fazer cristaleiras porém boas para nosso projeto de pesquisar como o clima do norte de Minas Gerais afeta o crescimento das árvores. Quando chegamos lá, três caras com pistolas na cintura nos esperavam, as armas brilhantes lançando círculos de luz na camiseta bege do Caio. Mandaram a gente esperar numa sala feita inteiramente de pinho. Foi um dia inteiro de sutis e explícitas ameaças, no ápice delas um homem se aproximou perguntando por que queríamos árvores dali, por que as de São Paulo não serviam, que de especial havia nos troncos, vocês não são ambientalistas, são? Porque se forem...

A sala era laranja poente, e eu preferia um incêndio àquela demora. A chefe da madeireira chegou e anunciou que a gente só podia ficar com 10% do prometido porque tinham assaltado o local no dia anterior. Enquanto ela falava, os pistoleiros riam. Alguns cochichavam sobre meu cabelo. Riam da nossa espera e do tamanho da caminhonete para três pedaços de madeira, que, do caminho de lá até o bar onde agora paramos, rolaram numa dança magra pela caçamba.

Caio irá tratar os troncos com muita gentileza quando chegar a hora. Porém agora é mau com tudo que é inanimado. Arromba a porta, arrasta os pés indefesos da cadeira. Quase rasga as duas páginas do cardápio. Puxa o meu das minhas mãos como se fosse ter diferença nos dois plastificados sujos.

Chama o atendente. O homem pergunta o que queremos sem tirar os olhos do celular.

"Cachaça."

"Caio, caramba, é de dia."

"Traz duas. E dois PF de bife. Pra ele sem cebola."

Caio nunca bebe. Não fuma nem maconha. É comum, dono de uma fisionomia sem desafios, o nariz adunco e pequeno convergindo na boca reta, os olhos castanhos como os de todos. Mas os dele, diferentes dos de todos, gostam de plantas. Muito. Não horta. Planta bruta, pesada, amor arrogante de cientista. E gostam um pouco de mim.

A cachaça chega antes. Bebo a minha devagar. A dele desaparece no pendular do seu pomo de adão.

"Caio, você tá bem? O dia foi difícil. A gente vai precisar de outro acordo. Três troncos não é material suficiente", sinto a frustração amargar minha saliva, mas a raiva que queima no meu companheiro, em mim, é preguiça. A preguiça sendo meu grande defeito, segundo meu orientador e algumas pessoas que me viram pelado.

Na segunda cachaça, o atendente se demora mais na mesa. Me encara pela primeira vez. Eu sou todos desafios: meu cabelo loiro, minhas unhas azuis, a blusa estampada. Depois olha o Caio, depois eu de novo. Por fim, encara a parede: um calendário de salmos rodeado por adesivos gastos do Smilinguido. Ergo o queixo em desafio. Caio pede a terceira cachaça.

"Pode vir com almoço."

Os pratos são atirados na mesa. O meu vem com uma colina de cebolas. Caio vai reclamar, eu conheço essa boca.

"Deixa, Caio. Come as minhas."

Transfiro os anéis esbranquiçados de prato. Começamos a comer.

"Às vezes...", ele começa a falar com a boca cheia. Meu garfo fica parado no ar. "Dá vontade de desistir de tudo isso. Desse trampo. Da vida de ciências. Em dias como o de hoje, em que me sinto patético. Em que não acredito nas armas, mas penso que queria ter uma, só pela ameaça. Pra parar com tudo. Com a derrubada de todas as árvores. Patético, eu sei. Tô sentado em uma", ele levanta a bunda comiserada do banco. Sei que as pernas dele são fortes e que ele pode aguentar um tempo nessa penitência. É o máximo de culpa que seu corpo prático permite. "Acho que é mais fácil pra você. Dias como de hoje".

"Por quê? Por que eu sou mais calmo?"

"Mais calmo não sei. Mas tem mais vocabulário para expressar a calma ou a raiva", Caio engole a massa disforme de sua comida num movimento sofrido da garganta, que balança em gangorra o agudo pomo de adão. "Isso eu invejo".

Estes dois últimos anos em que trabalhei com Caio foram anos de silêncio. Nunca havia conhecido a solidão de corpos ocupando um espaço tão pequeno quanto um laboratório de faculdade, horas debruçando os cotovelos em livros ou microscópios e sem nunca comentar sobre o tempo que avança impiedoso pelas janelas ou sobre a galera no prédio ao lado agitando uma festa regada a cerveja e maconha que eu gostaria de participar. Ele me dá um pouco de paz, a paz que eu sempre quis ter numa casa cheia, onde, agachado no jardim, ficava horas observando as vidas minúsculas.

"É isso aí. Não há o que se fazer além de fazer tudo de novo. Todo dia acordar e fazer. Tem que praticar."

"Não entendo o que você quer que eu pratique. Meu conformismo com a situação do trampo ou a minha falta de jeito com as palavras?"

"Aí é com você. E não usa a palavra conformismo. Pensa que é uma lida diária com a raiva para não morrer de infarto com 39 anos. É uma idade bem prematura para uma árvore morrer, se você quiser fazer essa comparação."

Ele para de mastigar. Levanta já torto até o balcão onde o dono não parou um segundo de nos assistir, um entretenimento mais interessante do que qualquer joguinho de celular. Caio se fartou dos copos. Pede uma garrafa de cachaça. Achei que o dono negaria. Caio espera a má vontade do homem, atribuindo-a a uma lentidão mineira mais do que ao preconceito que nos persegue.

Caio volta. Sinto um tremor no estômago, mistura de ansiedade e comida. Coloca a garrafa entre nós.

"Você quer palavras? Vou te dar palavras então. Raiva. Árvore. Armas. Armas todas. As minhas, brandas e científicas, que não derrubam nada. Que não impedem nenhuma derrubada. Pousadas que pousamos. A madeira morta que envolve tudo. Onde temos que sentar, o que sustenta, o que é matéria. Esse cheiro em todo lugar, como cheiro de xampu".

Caio quase não tem cabelo. É batido, uniforme. Não dá trabalho como o meu.

"Xampu. Achei que você não gostava. Sempre reclama do meu. Eu não sei qual você usa."

Levanto da minha árvore morta. Minhas pernas são sem culpa. Aproximo o nariz da cabeça dele. Escuto mas não vejo a movimentação barulhenta do dono do bar, que encontra na minha fungada no cabelo do Caio a confirmação das suas suspeitas. Caio está um pouco assustado também. Apesar de gostar de franqueza, ele não gosta da frontalidade, dos gestos abruptos. Não se afasta, contudo. Deixa a ponta do meu nariz se aproximar de sua cabeça castanha e sentir o cheiro de alguém que renunciou a qualquer item de higiene capilar, assumindo que os fios ficariam impregnados de qualquer ar passageiro. Ele tem cheiro de verde e de bife acebolado.

Começa a ganhar também o cheiro do dono do bar, que, antes mesmo da minha bunda sentar na cadeira, está na lateral da mesa, as mãos espalmadas nela, o crucifixo do pescoço pendendo um aviso.

"Eu não tolero isso aqui. Isso não é lugar disso."

"Disso o quê?"

Ele espanta moscas invisíveis de ar em nossa direção. Ponho a mão no queixo, repetindo a pergunta de Caio.

"Dessa viadagem de vocês. Façam isso bem longe daqui. Esse é meu primeiro aviso", ele se afasta com os punhos erguidos.

Meu prato ainda está cheio e perco a fome. Caio termina de comer o dele e depois come meus restos.

"Quero ir embora", minha voz tensa atravessa o espaço que nos separa. Ele concorda. Levanta com o dinheiro na mão. Estou suando, minha pretensa habilidade de diálogo derretendo nas axilas e clavícula.

Espero Caio voltar. O dia está terminando e tudo está roxo, da cor de orquídeas teimosas e difíceis de cuidar. Os braços de Caio se levantam enquanto ele se aproxima. Sem dificuldade, ele pega o banco de madeira onde sentei. Com o outro braço ele enlaça meu pescoço. Meu corpo no automático abraça o dele, envolvendo-o pela cintura.

Caio dá um beijo estalado na minha têmpora. É beijo--bomba. O cara atrás do balcão xinga e fumega. Mas Caio não me solta e eu não o solto até estarmos do lado de fora do bar.

"Você é um maluco, sabia?", falo com carinho, observando-o colocar o banco na caçamba. Minha bochecha guarda a marca suave do Caio, que não escorre e nem seca com este sol quase sem força.

...

Quando sonho é com violência. O banco está em minhas mãos. Giro-o sem parar como um peão descontrolado, acertando rostos irreconhecíveis e merecedores da minha raiva. Os pistoleiros da madeireira. O dono do bar. O meu rosto.

Acordo no quarto compartilhado. Maurício dorme na outra cama de solteiro. O que nos separa é um vão do tamanho da minha panturrilha, onde no fundo escuro nossos chinelos estão entrelaçados como cobras de borracha. A barra do shorts está para baixo e consigo ver a curva da sua bunda.

Procuro motivos para me irritar com ele, para acabar com a onda súbita de ternura que me enleva. Mas ele organizou todas as roupas do quarto. Não tem pelo no sabonete. Seus cadernos abertos exibem deduções brilhantes para um moleque de vinte e poucos anos que, só depois de muitos anos calejado de tempo, eu descobri.

Saio do quarto para o pequeno quintal da pousada, onde dormem os troncos e o banco que roubei. Sento nele. Quero que Maurício acorde agora. De cueca venha até o lado de fora, não se importando com nada. Vou elogiar o trampo dele. Vou dizer que a raiva de ontem passou.

Mas Maurício, como sempre, demora a acordar.

...

A motosserra atravessa o atambuaçu como a faca morna na manteiga. É chuva de farpa. Meus olhos estão protegidos com óculos, meu coração menos e, quando encara o miolo das árvores com seu olho de músculo, palpita.

É a primeira vez que corto uma árvore centenária. Tem algo nela que eu quero, por isso sou ineditamente violento. Os cogumelos no canto da clareira assistem assombrados ao meu ofício. Pego meu caderno, vou fazer anotações, vou contar os anéis, determinar os abismos que a precipitação criou no avanço do tempo. Um, dois, três, um largo quarto anel. No meio do xilema da árvore, o Caio.

"O que você tá fazendo dentro do tronco?"

Parece bravo mesmo minúsculo. Está pelado e sua pele brilha como uma estrela contra o céu curtido de ocre. Você quer ajuda para sair?, eu ofereço meu dedo, mas Caio começa a crescer. Seu corpo é uma árvore, os anéis de todo o nosso tempo juntos, a nossa cronologia de quase amigos, de companheiros da temperamental causa da natureza. Três centímetros de anel que sinalizam a primeira vez que dissecamos a fina derme de uma folha, das vezes em que ele dormiu enquanto eu dirigia e a paisagem sonora ficou mais bonita, coroada pelo seu ronco; cinco centímetros de mamilo, o tempo da ideia remota, e agora sólida como uma ilha habitada por árvores que não conhecem inimigos, de que, apesar da aleatoriedade da vida, do que nos põe diferentes e iguais, nos encontramos.

Caio para de crescer quando sua cabeça rivaliza com o topo de outras árvores. Da sua pele brotam galhos.

"Caio, você tá me ouvindo?"

"Sempre, mesmo que eu não responda."

Começo a escalá-lo. A penugem de suas pernas, a macia montanha das coxas, o desafiante osso do quadril. Não consigo evitar, fico com o pau duro. Não olha, eu aviso, por favor, isso não significa nada. É só que você está por toda parte e não dá para te evitar.

O sorriso dele começa a diminuir e por um segundo me preocupo, não sei o que Caio sente, eu sei o porquê do meu desejo, sei que é meu sonho, e que provavelmente na cama ao lado Caio dorme incólume. Mas o sorriso dele só diminui porque seu corpo está encolhendo. Quero beijá-lo, só que agora não posso fazer nada.

Sou eu agora a árvore, atávica, mas frágil, tão frágil. Caio pode fazer o que quiser comigo. Ele sempre pôde. Ele pega a motosserra.

...

A farmácia é a última parada antes de Minas Gerais virar Bahia, onde nos chamam promessas de novos troncos.

Estou oleoso. Usei neutrox com a determinação científica de entender seu apelo. Coloquei no cabelo sem medida, sempre lavei o couro cabeludo com sabonete ou com um torrão de nada. O cheiro não é a mesma coisa em mim do que é em Maurício. Precisa da pele dele.

A atendente da farmácia elogia a blusa de Maurício e ele se derrete nas lisonjas como neutrox nos meus dedos. Combina com as suas unhas, ela afaga, numa mistura rouquenha dos sotaques fronteiriços.

Maurício me olha por sobre o ombro. Me larga um sorriso atípico e sem os costumeiros dentes. Ele está assim desde de manhã. Quando tirei a serragem do tronco furado da sua blusa de flamingos, ele deu um pulo, surpreso com meu carinho. Mas, como ele disse, o que eu tenho que fazer é tentar. Então espanei tudo, até deixar os pássaros limpos.

Sorrio de volta. Encho minha sacola de neutrox. Três frascos.

O fogo frio das crianças

Nenhum de nós sabe o que é isso, nenhum de nós tem o músculo do coração preparado para o mistério. Não eu com meu corpo de balé de terças e quintas. Não Danilo com sua maneira de roubar isqueiros, não Tomate e seu medo cabuloso de crescer. Nem Joana, nossa líder, calada como o fim da noite. Mas mesmo assim fomos achados. Nos foi confiado algo tão precioso quanto um Kinder Ovo ou a lacuna entre as aulas que forma o pátio do recreio. Temos uma responsabilidade que brilha como uma lâmpada na minha mochila.

O que agora é nosso eu encontrei na nossa praça. É preciso dizer que a praça é nossa por conquista, não presente. Para tê-la, expulsamos idosos de legging, adolescentes de olhos avermelhados, crianças mais novas. Para assustar os velhos, usamos fogos pequenos. Danilo trouxe um isqueiro verde, disse que furtou, mas Danilo sempre devolve seus furtos, então não furta nada. Das folhas de almaço tatuadas com meus trabalhos escolares fiz flores de fogo, queimei-as perto dos aparelhos de ginástica. Os velhos com medo de tudo não gostaram e não voltaram mais. Às vezes os vejo correr, no perímetro, incapazes de transpor o medo da fogueira das crianças.

Foi Joana, com sua voz rara, que sugeriu fogos mais arriscados para a conquista definitiva da praça. Trouxe rojões na mochila e os soltamos no entardecer. Crianças mudas e adolescentes chapados assistiram à nossa pirotecnia arrancar o braço magro das árvores, queimarem pipas reféns do cerol. O terror da nossa fumaça, a promessa de outras, afastou todos e nos fez rainhas e reis de ouvidos tapados.

Todas as noites que não cai chuva nem bronca dos pais, nos encontramos. Sou sempre a primeira a chegar. Depois chegam os cachorros de memória curta, incapazes de reter o perigo do incêndio ou o medo de quem o produziu. Danilo e Tomate são os próximos, inseparáveis como suas casas lajeadas, fedendo almiscarados em sua aversão de banho. Joana chega por último e, sem intenção, nos cala com seus dias incomparáveis, sem escola, com muito aventura. Brincamos até a hora do jantar. Joana geralmente come na minha casa. Meus pais oferecem arroz, feijão, farofa, querendo cavar com a ponta dos grãos os segredos da boca sempre educada de Joana. De barriga cheia, ela não nos conta nada da sua casa, da família, da vida.

Ontem era um dia igual a todos os outros que vieram antes, mas nunca igual aos que viriam depois. Cheguei na praça vazia carregando o pôr do sol nas costas. Meus pés doíam do balé e meu collant rosado, quase novo, tinha linhas finas de suor, nas quais meus músculos se dobravam para alcançar a graça das posturas. Sentei num dos bancos de concreto, tirei as sapatilhas, um cão lambeu meu dedo e não gostou. Atrás da sua cabeça caramelo, no triângulo junção entre a orelha caída e o pescoço, percebi algo cintilar. É brinco, pensei empolgada, as joias negadas numa casa onde a vaidade permitida e expandida é eu fazer uma dança sem futuro. É brinco, e se tiver sorte, serão dois. Descalça de um pé, evitando armadilhas da grama, me aproximei de um monte de sacos de lixo dos mercadinhos do bairro. Afastei--os com a respiração presa.

Agora me faltam palavras, talvez no futuro elas cheguem, ou talvez ainda não haja, sim, acho que isso é o mais certo dizer, não existem palavras na língua para dizer o que encontrei. Pegá-lo no braço foi um movimento sem hesitação, o que era raro porque sou desconfiada de tudo, mas a coisa deslizou com tanta facilidade até as quinas do meu braço e do meu antebraço que pensei que o encontro era pra ser. É uma coisa que brilha. Como uma estrela fraca, como poste de luz da rua, falho e irreparável. É quente e mole. Tem uma espécie de vida, não igual a minha, nem como a dos cachorros desinteressados. Mas é vida, porque pulsa feito a veia do meu pulso que ele ilumina. Apertei-o contra o peito, sentindo um calor inofensivo. Meu pé suspenso aterrou no chão.

Danilo e Tomate chegaram no fim da tarde, quando tudo era dourado e impaciente. Os dois estavam de braços dados, invencíveis na certeza de uma noite como as outras. A invencibilidade foi esmorecendo quando me virei para eles, no meu peito a coisa brilhando, menos pálida agora, assumindo a cor do meu uniforme de balé.

"Que é isso?", Danilo perguntou, esticando os dedos. "Que bonito. Posso mexer? Parece um ouriço-do-mar".

Ouriço-do-mar é bicho de praia, eu nunca fui lá, mas Danilo também é bicho de praia e traz recordações. Danilo pôs a mão, a coisa tremeu, mas continuou na mesma palpitação tranquila.

Tomate tinha os olhos agigantados, o medo lívido de um menino que aprendeu muito cedo que correr é menos pior do que apanhar. "Larga, larga isso. Você não sabe o que é isso e já vai segurando?" Ele ficou atrás de Danilo, sua fortaleza de sempre. Ganhava no rosto as cores que possibilitaram seu apelido, que faziam sua pele castanha virar fruta. "Muito feio esse negócio. O que será que é?".

Ficamos em silêncio, olhando. Nunca estamos em silêncio. Há algo em nós sempre crepitando, indo para todos os lados. A coisa nos fez ficar quietos. Tomate saiu de trás de Danilo. Também tocou o achado. Ficamos os três parados, nossas mãos de tamanhos parecidos formando uma capa na criatura.

"Ainda tá achando feio?", Danilo perguntou.

"Quero segurar, mas tô com medo de quebrar. Sempre quebro tudo", Tomate respondeu.

Quando Joana chegou meus olhos já ardiam. Os olhos dos meninos também, cheios de água por não piscarem, esperando qualquer movimento da coisa que explicasse sua existência. Joana estava brava. Não gostava que as brincadeiras começassem sem ela.

"Vocês sempre me esperam", ela nos acusou. Estendeu os braços compridos e a coisa iluminou cada uma de suas pequenas cicatrizes. Entreguei sem relutar. A coisa brilhou mais. Éramos um círculo brilhante, os cães também estavam ao redor de nós, deitados, não nos olhavam, pareciam nos proteger. O ar tinha cheiro de xixi de cachorro, a fragrância sutil das pulgas.

A coisa ganhou contornos vermelhos. Os cinco cães amarelos se levantaram. Achei que tinha feito algo errado. Tomate também. Danilo se afastou. Joana me entregou a coisa num movimento certeiro e virou de costas pro círculo, as mãos ao lado do corpo em punho fechado. Uma ronda escolar iluminava a praça com luzes vermelhas e brancas.

"Fiquem quietos e me sigam", ordenou Joana.

Dobrados sobre nossas barrigas, fomos até debaixo de um túnel de pedra de brinquedo que parecia um trem sem ambições. Danilo tentava como nunca conseguir respirar pelo nariz. Fizemos uma tenda com nossos braços e testas. Menos Joana. Vigilante, era um corpo sem cabeça e pescoço observando da chaminé do brinquedo o que acontecia na praça. Eram dois guardinhas, um homem e uma mulher, ela com a lanterna nas mãos. Os cães latiam.

"Será que estão procurando a coisa? Será que é deles?"

"Nunca. Nada é deles. O problema sempre foi esse. Lembra da bola do Rui? Tiraram a bola do Rui e nunca devolveram. Era o único brinquedo dele."

"E o que a gente faz? Se eles acharem vão levar embora. Talvez pro zoológico talvez."

"Isso não é bicho, Tomate!"

"Mas tá vivo. Então talvez eles matem. Eles fazem isso."

Joana pescoçou mais uma vez. Quando voltou com a cabeça para dentro do brinquedo, brilhava no olho a resolução que a tornava nossa heroína, nossa menina mais amada.

"Eles tão indo e voltando sem saber o que fazer. Vou pegar a lanterna e sair correndo. Vocês pegam a coisa, protegem a coisa, e fogem daqui. Encontro vocês depois."

Rápida na desproporcionalidade de suas pernas longas e braços curtos, Joana pulou para fora do brinquedo. A luz ameaçadora se extinguiu num grito estrangulado no pescoço da guardinha. Foi a vez de Danilo ficar sem cabeça. É como uma ciranda, ele descreveu a cena, admirado. Os policiais corriam atrás de uma criança que não enxergavam, protegida por escuro e arbustos, os cães saltitantes entre eles.

Agachados, fizemos o caminho contrário de Joana, nos afastando da praça, subindo uma ladeira pequena até chegar ao ponto de ônibus um pouco mais iluminado, não muito, não o suficiente para entender as expressões de fúria e medo nos nossos rostos. Pensei ter ouvido a risada de Joana.

Tomate deu um abraço rápido em nós três, as costelas inchadas de amor pela coisa apertada no meu peito. Daniel foi mais devagar. Me abraçou molhadamente, ainda respirando pelo nariz. "Cuida bem dela. A gente nem precisa falar mais disso, talvez dê até azar. Nem precisa trazer ela de volta. Só garante que a coisa vai ficar bem".

Sob a luz falha do poste abri a mochila, fiz espaço entre cadernos, os de português muito usados, os de matemática sem uma única dobradura, botei as espirais danosas dela para baixo e coloquei com muito cuidado a coisa entre o uniforme de dança. Fechei o zíper. Olhei pra praça. Os cachorros atrás de seus próprios rabos, os guardinhas corriam em círculo atrás de algo, não mais de Joana. Ela não estava ali.

Agora, no meu quarto, a mochila brilha forte como um abajur. Abro o zíper. Agora nós duas vamos esperar Joana.

As motos estouram
pipocas vermelhas na noite

Apoio o pé no portão de ferro. Não tenho bota para me proteger da barriga quente da moto. É na pele enferrujada da grade, separando uma casa do chacoalho violento da cidade, que sinto ela chegar, meu terremoto motorizado particular.

Ritinha vem de moto. Meu capacete rosa empalado no seu braço esquerdo, a cabeça fantasma de uma motoqueira anterior que prenuncia um futuro de indiferença contra o qual eu vou lutar. Ela tira o capacete dela, seu cabelo preso, esticando o rosto e deixando-o oleoso como são suas mãos de motor. Os dedos no meio das minhas pernas.

Os meninos do bairro se aproximam atraídos pela limpeza da moto, espelho de rostos deslumbrados. Ritinha diz para não tocarem em nada, mas não os afasta, os braços abertos num polvo de negrume convite. Ela também conhece o desejo de querer ter algo e não poder. Foi assim comigo, é assim para eles.

Subo na garupa e juntas percorremos as ruas ligeiramente úmidas de chuva, douradas como flancos de peixe pescados e, como se tivesse guelras, abro a boca puxando o ar pelas frestas do capacete. Não sei para onde vamos, não posso perguntar. As perguntas erradas se misturariam à fumaça que não incomoda, mas ensurdece Ritinha. Escolho o silêncio, na boca a saliva, a minha na dela, um caldo que se intensifica quando o seu jeans roça no meu.

Ritinha faz o trajeto esnobando radar, semáforo, quase eu, não fosse a mão que ocasionalmente procura a minha. No resto do tempo suspeito que ela esquece de tudo, agradecendo meu peso porque ele torna algumas manobras mais fáceis.

A moto chega numa subida e perde um pouco da bravura. Mas Rita não. Empina o peito, o pé aperta o acelerador, ela sussurra "segura". Começam a ganhar velocidade no meu campo de visão as casas afundadas na calçada, presas nas grades de si mesmas, a televisão no Fantástico, ou num filme de super-herói, algumas com festinhas, tristonhas bexigas. Olho para frente e penso será que essa ladeira um dia foi colina e por isso é difícil dobrá-la, porque ela guarda a selvageria de outros tempos sem moto e sem beijo com gosto de Trident, o que também não deixa de ser triste?

Me sinto uma suave limitação quando a roda para pela segunda vez. À nossa frente ainda o fôlego do morro, nas minhas costas as luzes pequenas do que Rita conseguiu vencer. Sussurro "eu posso descer", e o capacete transforma minha voz em velcro grosso e melado. Ela diz que não. Os motoqueiros do iFood descem a ladeira indiferentes à nossa batalha. "Estamos quase lá", ela avisa, a fumaça entrando pelos fios do seu cabelo loiro tingido. O escapamento está quase vermelho. Meus irmãos contaram que os meninos tiram o escapamento para as motos ladrarem à noite, interrompendo o fino sono dos que moram nos bairros normais. Rita não faz isso. Ela gosta demais da moto. Quer prolongar toda a sua vida. Nunca tentou ser normal e, quando a normalidade tenta alcançá-la, despi-la das suas calças de couro ou de sua fome por raio ou velocidade, Rita foge motorizada, desenhando uma lancinante e abstrata pintura de luz vermelha com o rabo.

Quase perto do fim da ladeira, ela coloca os dois pés no chão. A bunda empina. Com a força conjunta dos quadris, perna e motor, chegamos ao topo. Desço mas não solto a cintura de Rita. Sinto na dobradura de sua pele o ronco do motor diminuir e a respiração da motoqueira acompanhar a calmaria repentina.

O topo da ladeira careca tem poucas casas separadas entre si, a lacuna entre elas deixando antever a cidade onde outras motocas estouram pipocas de barulho. No meio da redonda curva do asfalto, um caminhão vermelho abre suas entranhas de metal e deixa antever a cozinha fumegando cachorros-quentes.

A mão de Rita pega na minha em direção às luzes, faróis inferninhos dos siriris que rodopiam. Ela avisa para a atendente: "Quero dois. No segundo, você capricha no pimentão".

A moça a reconhece de mordeduras do passado. Esperamos. Dentro do caminhão, as mãos de veias crassas colidem com chapas, o vale profundamente macio dos pães, os molhos sem rótulos alagando bacias opacas nas quais salsichas giram incapazes de se livrar da vermelhidão do corante. Rita finalmente deixa minhas mãos para receber em garra os lanches, sem amassá-los com a força dos nódulos acostumados com o guidão. Ela pede para eu pegar os refrigerantes e senta-se equilibrista numa mesa de plástico. Me espera para começar a comer.

O cachorro-quente tem gosto de vitória. O molho escorre na falésia dos nossos queixos. Depois, é só descer a ladeira.

Tonho

"Uepa. Bom dia, Tonho. Não vi você aí".

Era impossível não ver Tonho e se sentiu envergonhado por depois de tantos meses ainda tropeçar nele. Tonho é majestoso, um quadrúpede estupendo, um nelore caríssimo, pálido como a lua que antes era possível ver no céu. Custou mais de 20 mil reais e Josué Fernando tinha lúcida memória de vê-lo pela TV, trotando calmamente ao som de um locutor arfante que descrevia sua virilidade, o peso de sua corcunda e os chifres excepcionalmente curtos, porém tão bonitos, brilhantes, que sua forma diminuta acabava por agigantar o resto do corpo. Josué não tinha tempo útil para acreditar em sorte. Mas foi sorte numa tarde ter tido tempo de assistir o canal e olhar nos olhos de Tonho, e Tonho olhos nos olhos dele, num arrebatamento instantâneo e pixelado.

"Tá um pouco sujo, Tonho. Vem cá."

Passou o dorso da mão no focinho do animal, espantando os farelos de um pão do passado. Também no passado, Tonho negava a maioria dos toques, servindo-se de uma fina película de indiferença, o que o tornava mais bonito, mais incompreensível e mais próximo da imortalidade que finalmente o alcançou quando Josué mandou empalhá-lo. Três patas na placa de madeira, a dianteira esquerda levantada, gancho de carne e casco. Tonho ocupava o centro da sala. Era o último boi da terra, nem morto, nem vivo. Era dele.

Josué terminou seu trajeto da sala até a cozinha, na mão o café e o pão caseiro. Sentou na cadeira e começou a comer a comida preparada por ele mesmo. Uma delícia racionada, o prazer mandatório, mas nem por isso menor, de ter aprendido a cozinhar nos últimos anos. Já tivera arroubos de loucura, de olhar para a dispensa e pensar se deveria cozinhar tudo nela de uma vez, a carne seca, o café estofado em pacotes metálicos, e aguardar o fim com a barriga forrada. Mas em momentos como esses, se acalma, respira, encontra meditação na vigília dos olhos de Tonho. O que podia fazer, ele tinha feito. O resto não cabia mais a ele, e sim ao mundo, que se despedaçava do lado de fora do bunker.

"Vamos implodir juntos, Tonho. Ou explodir. Não tenho certeza como vai ser."

Tonho morreu sua primeira morte numa invasão do MST. Foi o início do fim de sua fazenda e por extensão o fim de um universo até então sólido. Nos anos que precederam essa morte, as invasões aconteciam com mais frequência, motivadas por uma escassez de terra: enquanto os ambientalistas culpavam os agropecuaristas que culpavam o governo, o governo deixava de existir. As invasões eram violentas, memórias ácidas e vermelhas. Corpos caíam na grama, antes acostumada com lábios de gado. No último confronto, Tonho fugiu, mas trombou com uma das cercas altas que tentava proteger a propriedade, a sua e de sua família há gerações, e quebrou o magnífico pescoço. Josué Fernando só soube disso depois, porque estava ocupado na luta, atirando para longe com sua boa pontaria centenas de bonés vermelhos.

Descobriu a morte de Tonho na manhã seguinte. Ordenou que os empregados tirassem os mortos do pasto, alguns indistinguíveis, outros com uma familiaridade pouco inquietante. Se deslocava com um lenço cobrindo boca e nariz, lamentando os peões perdidos, porque era cada vez mais difícil encontrar homens dispostos a morrer pela terra e pelo patrão. Quando encontrou Tonho e seu ângulo curioso de cabeça, o lenço foi ao chão. Os joelhos também. Tonho ainda olhava para ele, só que de outro modo, menos apaixonado, ainda carente. Josué Fernando chorou muito, o resto da tarde. De noite, a cabeça ainda protegida pelo chapéu, tomou duas decisões peremptórias: Tonho iria adquirir a imortalidade, negada a seus filhos, parecidos com ele apenas no formato do nariz, e a sua esposa, uma estranha com quem às vezes dividia casa e cama. A outra resolução: também seria imortal, ao menos para si. Se recusava a experimentar a mortalidade dessa terra condenada, chamada assim pelos homens da ciência, rumando a um futuro quente, quando tudo seria culpa do gado. Era um homem de bem, reconhecia lutas perdidas. Pegou o telefone. Ligou primeiro para o taxonomista. Depois fez a ligação derradeira. Precisava construir um bunker. Um que lhe permitisse viver bem durante alguns anos, antes de a Terra morrer.

O bunker ficaria embaixo da fazenda, como um espelho submerso do que construiu na superfície. Emularia a cozinha espaçosa, o cheiro de madeira do assoalho, o quarto com lençóis imaculados. Não o céu, não podia pedir o céu. Mas o pasto era uma demanda razoável. O pasto proveria a ilusão do boi.

O abrigado tinha que sobreviver debaixo da terra ao que em cima dela não sobreviveria - incêndio, seca, invasão. Todas as demandas por uma vida salubre tornaram o bunker caríssimo, mas não se importou. Gastou todo seu dinheiro na construção. Morreria esta morte escolhida, diferente de todas, pois assim também vivera sua vida, única entre os seus.

Não mais leilões; ninguém mais comprava carne, os matadouros feito uma clínica bovina asséptica; cessavam-se as visitas políticas; na TV, imagens de cidades em chamas ou submergidas pela água. Enquanto tudo que acontecia parava de acontecer, Josué Fernando começou a construção do bunker.

Foram dias de imenso prazer. Como era bom mandar e, com a manteiga ultraprocessada do dinheiro infinito, tangenciar qualquer dificuldade no seu empreendimento subterrâneo. O bunker brotou feito uma flor de aço ao contrário. A mulher disse não, os filhos disseram não, mas o boi, que já quase ganhava seu volume entupido de palha, foi companheiro de sua alegria.

Quando uma doença inexplicável dizimou suas cabeças de gado restantes, proles de Tonho e não herdeiros da palha, Josué entendeu que era hora de se mudar. O primeiro dia debaixo da terra foi igual a todos os dias em cima dela. A mesma rotina, os mesmos desejos atendidos, a mesma companhia cheia de privilégios de seu nelore. Ele teria que preparar sua comida e limpar sua própria sujeira, mas a mundanidade duraria pouco. E, ao ruir de tudo, teria uma pistola.

Sempre dorme pelado. Assim se sente seguro, dono de si. E é na pele nua do pênis que Josué Fernando sente o primeiro arrepio de anormalidade. Abre os olhos. O teto é o mesmo, segurando o mundo. Só que algo nele se revira, feito comida mal digerida nas entranhas do Tonho quando ele pastava depressa. Tum tum, tum. Levanta, e o pênis adormecido tomba na perna rajada de varizes. É a primeira vez em cinco meses que escuta barulhos que não produz e não consegue identificar. Põe os pés no chão frio. Tenta regularizar a respiração. A mão no estômago, para certificar-se que não é um barulho seu. Nada. Tum, tum, tum. Josué Fernando olha para a caixa com a pistola. Ela sempre está à vista. Vai lavar o rosto e depois morrer. Antes, um desvio até Tonho, vê-lo pela última vez. As pernas se arrastam mas o peito é firme e conduz a caminhada até o banheiro. Os barulhos se interrompem. Não escuta mais nada além do conforto banal dos metais do bunker. O metal predestinado, lavrado com seu nome, não encontrará sua têmpora hoje.

Na solidão, os delírios se avolumam. Sabe disso, e sabe que para evitá-los precisa de uma rotina. Acordar. Lavar o rosto. Exercício físico. Café da manhã. Escovar Tonho, lustrar seus olhos, chifres e cascos. Almoço. Leitura de jornais velhos, especialmente os cadernos de economia. Mais exercícios. A morte de algumas células. O jantar. Um dos 1000 filmes de ação. Geralmente dorme no meio. Se arrasta para a cama. No intervalo entre estas ações, tarefas domésticas.

No meio do que Josué Fernando presume ser noite, os barulhos. Decide que é sonho. Afunda a cabeça no travesseiro. O som some, ou nunca existiu. Escuta os gritos vermelhos do matadouro, longos e lancinantes, interrompidos facilmente com um estampido. Cabeças de gado se transformam na cabeça loira de sua mulher, com o rosto sempre em negação. O bunker cheio de invasores, bonés vermelhos, fósforos de uma revolta que ele sempre conseguiu controlar. Levanta a cabeça do travesseiro, completamente acordado. Sem barulhos. Não volta a dormir, esperando. Não encontra consolo na imobilidade e no silêncio do teto. Salta da cama e caminha até o banheiro. A água está com o gosto metálico de sempre. Lambe-a dos beiços. Cospe na pia. Olha para seu rosto com a atenção que merece uma planície a ser arrendada. Não há nada de diferente, nenhum sinal de loucura. Volta para a cama, que o envolve num sono pesado, mas não tranquilo. É um sono debaixo da terra.

Depois dos cômodos do bunker, há uma estufa. Josué Fernando se orgulha de sua manutenção diária, da couve esverdeada, da batata redonda, das cenouras, intragáveis na vida anterior. Nos primeiros meses, Josué Fernando estranhava a facilidade daquela terra em brotar alimento. As suas terras na superfície eram para alimentar Tonho e todos os bois que queriam ser como Tonho.

Os barulhos recomeçam. Enfia as mãos na terra sem pressa. Circunda a cenoura com as mãos. Os ruídos ganham uma segunda camada, como se a terra mastigasse a si própria com dentes feitos de terra. Arranca as cenouras num adágio do ruído, que entre batidas intermitentes encontra um espaço de ronrono calibrado. Colhe outras cenouras e sente na sua textura rugosa que o barulho não é mais só barulho, mas também tremor. Leva a colheita até a cozinha. O sabor adocicado das cenouras inunda sua boca, mas é só uma lembrança, não tem fome. As mãos ainda sujas de terra, o tempo moendo-se, ele procura reordená-lo e controlá-la. "Minha cabeça tá boa, Tonho. Não tô maluco!", grita, e sua voz preenche os cômodos, quase forte, não o suficiente para vencer o desconhecido. Lava e seca os dedos. Caminha sem tremores enquanto todo o resto treme.

O barulho agora se rende aos seus ouvidos. É uma sinfonia tão sua quanto todo o resto. Quando chega ao quarto, o som é ensurdecedor. Não deixa ouvir os dedos secos abrindo o trinco dourado da caixa. Põe as balas no tambor. Com a arma na bermuda, e com este novo peso no lado esquerdo do corpo, caminha até Tonho. Tonho está indiferente, impávido, bonito, o seu maior tesouro. Se aproxima. Pensa em montá-lo, mas a corcunda do bicho é gigante, uma montanha de carne imobilizada por palha e dinheiro. Contenta-se em passar o braço no pescoço do animal. A outra mão aproxima a arma da têmpora. Não irá errar. O cano se apoia no osso como ele se apoia no boi.

O bunker treme violentamente. Tudo começa a cair, os objetivos, os quadros, até a bermuda começa a ceder. Sua mão não estremece. Os seus dedos têm certeza. Antes que possa disparar, o teto desaba. Tonho fica sarapintado de um sangue que não escolheu como ia ser esguichado.

...

São muitas pás e tratores. Ela cava e eles cavam. Não há descanso. Ela tem sede, mas a hora da água ainda não chegou, e sabe, por experiência própria, que economizar água neste mundo é a diferença entre uma empreitada bem-sucedida e a morte de um punhado de sonhos. Agora que a casa foi abaixo, aquele mausoléu sem propósito, eles finalmente podem começar o trabalho.

Os caminhões começam a trazer as árvores, e elas recortam o horizonte em galho e folha. Algumas são pequenas, cabem nas conchas das mãos. Outras, imensas e raras, chegam em veículos adaptados para trazê-las.

O maior dos tratores, feito para cavar buracos para as árvores adultas, começa a cavar. Cava até bater em algo de metal. Sem piedade ou paciência, a motorista força o braço do trator. Ela e todos, que antes fitavam a árvore e as promessas que ela continha em sua centenária resistência, arregalam os olhos e olham um boi vermelho que os olha de volta.

Agradecimentos

Para Bibi, minha irmã, que me ensina a amar os bichos e desenhou a capa do Jiboia.

Um abraço rompedor de costelas nas pessoas queridas que seguraram minha mão suada durante o processo de feitura, edição e publicação do Jiboia. Especialmente forte o aperto na Jéssica, Ingrid, Paulo e Breno, primeiras pessoas a lerem o livro, escutar lamúrias, e a dizer, vai lá e publica. Publiquei!

Aos dois que prepararam este livro, outro cheiro. André Balbo, puxões na orelha e o maior incentivador pra coisa literária acontecer. Ao Leopoldo, que topou o livro e foi generoso em todas as prosas. Obrigada aos dois.

Às famílias sanguíneas e expandidas, vocês sabem quem são, um obrigada do tamanho da maior floresta.

Toda vez que avistei a formiga carregando um grão de açúcar, ouvi a metálica voz da araponga, ou tive o acaso sortudo de esbarrar o tornozelo num peixe inominável e tão fugaz que dele só conheci o prateado da escama, ganhei palavras para escrever. As linguagens dos não-humanos alargam todos os dias meu jeito de ver o mundo. Esse livro não existiria sem eles.

ilustração de *Beatriz Garcia*

Cara leitora, caro leitor

A **ABOIO** é um grupo editorial colaborativo.

Começamos em 2020 publicando literatura de forma digital, gratuita e acessível.

Até o momento, já passaram pelos nossos pastos mais de 400 autoras e autores, dos mais variados estilos e nacionalidades.

Para a gente, o canto é conjunto. É o aboiar que nos une e que serve de urdidura para todo nosso projeto editorial.

São as leitoras e os leitores engajados em ler narrativas ousadas que nos mantêm em atividade.

Nossa comunidade não só faz surgir livros como o que você acabou de ler, como também possibilita nos empenharmos em divulgar histórias únicas.

Portanto, te convidamos a fazer parte do nosso balaio!

Todas as apoiadoras e apoiadores das pré-vendas da **ABOIO**:

—— **têm o nome impresso nos agradecimentos de todas as cópias do livro;**

—— **são convidadas a participarem do planejamento e da escolha das próximas publicações.**

Fale com a gente pelo portal **aboio.com.br,** ou pelas redes sociais (**@aboioeditora**), seja para se tornar uma voz ativa na comunidade **ABOIO** ou somente para acompanhar nosso trabalho de perto!

Vem aboiar com a gente. Afinal: **o canto é conjunto.**

Apoiadoras e apoiadores

Não fossem as **121 pessoas** que apoiaram nossa pré-venda e assinaram nosso portal durante os meses de junho e julho de 2023, este livro não teria sido o mesmo.

A elas, que acreditam no canto conjunto da **ABOIO**, estendemos os nossos agradecimentos.

Adriane Figueira
Alexandre Suenaga
Aline Scátola
Ana Beatriz
    Coutinho Takematsu
Ana Pereira
André Balbo
Andre Landgraf
Andreas Chamorro
Anna Kuzminska
Anthony Almeida
Arthur Lungov
Beatriz Garcia Gonçalves
Bianca Antunes
Bruno Crispim
Bruno Fiorelli
Caco Ishak
Caio Girão

Caio Narezzi
Calebe Guerra
Camila do Nascimento Leite
Camilo Gomide
Carolina Nogueira
Cecília Garcia
Cintia Brasileiro
Claudio Roberto Gonçalves
Cleber da Silva Luz
Cristina Machado
Daniel Dago
Daniel Giotti
Daniel Guinezi
Daniel Leite
Danilo Brandao
Denise Lucena Cavalcante
Dheyne de Souza
Diogo Cronemberger

Diogo Marins Locci
Eduardo Rosal
Francesca Cricelli
Frederico da Cruz
    Vieira de Souza
Gabriel Farias Lima
Gabriel Mhereb
Gabriela Machado Scafuri
Gael Rodrigues
Giovanna Reis
Giselle Bohn
Giulia Morais de Oliveira
Guilherme
    Corrêa de Almeida
Guilherme da Silva Braga
Gustavo Bechtold
Henrique Emanuel
Ingrid Matuoka
Isabel Harari
Jailton Moreira
Jéssica Maria Lúcio
Jessica Moreira
João Luís Nogueira
Juliana Slatiner
Juliane Carolina Livramento
Jung Youn Lee
Laura Redfern Navarro
Leonardo Pinto Silva
Lila Marques de Souza
Loiane Vilefort
Lolita Beretta

Lorenzo Cavalcante
Lucas Lazzaretti
Lucas Verzola
Luciana Benevides
Luciano Cavalcante Filho
Luciano Dutra
Luis Felipe Abreu
Luísa Machado
Luiz Fernando Cardoso
Manoela Machado Scafuri
Marcela Roldão
Marcelo Cardoso
Marco Bardelli
Marcos Vinícius Almeida
Marcus Vinicius
    Abreu de Moraes
Maria Inez Frota
    Porto Queiroz
Mariana Donner
Marieta Colucci
Marina Grandolpho
Marina Lourenço
Mateus Torres Penedo Naves
Mauro Paz
Mayra Tinoco
Milena Martins Moura
Nalu Rosa
Nara Schenkel
Natália Passafaro
Natalia Zuccala
Natan Schäfer

Olivia Navarro
Otto Leopoldo Winck
Patricia Monteiro
Patricia Pimenta
Paulo Scott
Pedro Jansen
Pedro Ribeiro Nogueira
Pedro Torreão
Pietro Augusto
     Gubel Portugal
Raiana Ribeiro
Raquel Magalhães Coelho
Raquel Riera
Roberta Roque
Ruan Matos
Rute Pina
Sabrina Haick
Sandra Lucia Modesto
Sergio Mello
Sérgio Porto
Silvana Paulos
Stefano Wrobleski
Thaís Campolina
Thaís Sanches
Thassio Gonçalves Ferreira
Thayná Facó
Valdir Marte
Weslley Silva Ferreira
Yvonne Miller

ABOIO

EDIÇÃO
Leopoldo Cavalcante

ASSISTÊNCIA EDITORIAL
Luísa Machado

REVISÃO
Marcela Roldão

ILUSTRAÇÃO DA CAPA
Beatriz Garcia

Copyright © Aboio, 2022

Jiboia © Cecília Garcia, 2022

Grafia atualizada segundo o Acordo Ortográfico da Língua Portuguesa de 1990, que entrou em vigor no Brasil em 2009.

Os personagens e as situações desta obra são reais apenas no universo da ficção: não se referem a pessoas e fatos concretos, e não emitem opinião sobre eles.

Dados Internacionais de Catalogação na Publicação (CIP)
Inajara Pires de Souza — Bibliotecária — CRB PR-001652/O

Garcia, Cecília
   Jiboia / Cecília Garcia. -- São Paulo: Aboio, 2022.

   ISBN 978-65-998350-5-6

   1. Contos brasileiros I. Título.

22-139639   CDD-B869.3

Índices para catálogo sistemático:
1. Contos : Literatura brasileira B869.3

[2022]

Todos os direitos desta edição reservados à:
ABOIO
São Paulo — SP
(11) 91580-3133
www.aboio.com.br
instagram.com/aboioeditora/
facebook.com/aboioeditora/

Esta obra foi composta em Adobe Text Pro
O miolo está no papel Pólen® Natural 80g/m².
A tiragem desta edição foi de 500 exemplares.

[Primeira edição, agosto de 2023]